로컬 문학   흘트리자 문학지 2024

흘트리자 —— 골목길 이야기

시인 이지선 X 서점마계

illustrated by 김양숙

김양숙 / 박선주 / 배길환 / 이규원 / 이수진 / 이지연 / 조연희 / 홍유경 / 최민정 / 최윤희

알발리

CONTENTS

처음 시작을 기억한다. 늘 설레임으로 시작하는 우리는 처음을 두려워하며 기뻐한다. 서점 마계 윤석우 대표님의 제의는 승낙할 수밖에 없는 거래였다. 로컬의 문화기획을 2년 정도 이제 막 시작한 나에게 여러 고민들이 있지만 글이 로컬에서 흐를 수 있는 긴 시간과의 싸움을 늘 준비하고 있었기 때문이다. 글을 로컬과 잘 이어 갈 수 있는 여러 방법들을 고심하던 나에게 흘트리자는 조금 더 본격적인 시작이었다.

사실 조금은 지루할 수 있고 조금은 외로울 수 있고 조금은 귀찮을 수 있는 수업이기에 걱정이 됐다.

그러나 지금 현재 흘트리자의 멤버들은 글에 대한 진지함과 열정의 색이 나와 같다. 그것이 2024년도의 기쁜 일 중에 하나다. 우리는 로컬을 중심으로 상상할 수 있는, 혹은 만들고 싶은 글들을 입히며 작은 씨앗을 심고자 한다. 씨앗이라는 너무 뻔하고 흔한 말로 우리의 시작을 알리고자 한다. 씨앗은 썩을 수 있다. 알맞은 온도와 습도 등이 맞지 않으면 싹을 틔울 수 없을 것이다. 그러나 우리는 계단 옆 부서진 콘크리트 틈새에 누구보다 굵은 뿌리를 내리는 이름 모를 풀을 본다. 그 생명력을 믿고 싶다. 우리도 지금 어디에 심어졌는지 알 수 없지만 우리는 이제 우리의 이름을 안다.

누구보다 글을 쓰고 싶은 우리는 ＜흘트리자＞이다.

응원해 주시고 기회를 주신 서점 마계 윤석우 대표님과 인천 화도진 도서관 관계자분들께 감사함을 전한다. 또한 한국근대문학관의 관심에 감사함을 전하며 동시에 아름다운 향기를 내는 꽃으로 피어 보답하고 싶다. 우리의 색은 분명 아름다울 것이다.

2024년 10월 그 여름을 지나서
＜흘트리자＞ 시인 이 지 선

로컬 문학은 다의적인 표현이다. 로컬(인천)을 중심으로 모인 창작 단체이며, 오랜 시간을 함께한 로컬을 배경으로 경험하고 느꼈던 사실을 기반으로 상상력을 발휘하여 쓴 문학이다.

사회 활동 영역 중 문화 예술적 영향에 대한 실험적인 로컬 단체 및 커뮤니티를 많이 접하면서 문학에 대한 영향력에 아쉬움이 컸다. 그래서 미적 경험을 통해 사회로 환원되는 부분의 어떠한 시작점들을 우리들이 어떤 방식으로 고민해야 할까? 라는 질문에 대한 답으로 <흩트리자>라는 로컬 문학을 만들게 되었다.

공간과 기록이라는 두 키워드를 가지고 시작한 로컬 문학은 중구의 서점 마계를 중심으로 한 인천이라는 공간을 두고 문학적 기록물로 형상화되는 모든 영역이다. 소설의 배경과 시의 시적 상황, 시적 공간, 시적 대상, 문학에 전반적으로 흐르는 정서에 이 두 가지 키워드가 존재한다.

현재 디아스포라 문학이라고 일컫는 역사의 큰 줄기에서 개인이 겪는 경험에 대한 이야기에 모두 매료되고 있어 지역과 시대, 소통과 유대에 관심을 가지고 조명하고 있다.

탈 경계시대에서 다시 재해석되고 있는 로컬이라는 경계는 또 다른 이야기를 보여줄 것이다. 로컬이라는 정확한 경계가 주는 범위 안에서 우리는 지역의 문화와 독특한 삶의 양식을 가지고 자랐다. 이것은 우리의 삶 속에 포함된 정체성과 경계성으로 문학에 표현된다. 이러한 점에서 로컬 문학이라고 지칭한 <흩트리자>는 앞으로의 발전이 기대된다.

로컬 문학지 <흩트리자>의 방향성은 앞으로 발전할 것은 확실하다. 그러나 로컬 문학이라는 자체를 보여주기 위한 것이 아닌 참여자들의 깊은 성찰과 경험이 바탕이 되는 진정성을 놓치지 않아야 할 것이다.

시인 이 지 선

이지선의 골목길

· 마주친다
· 꿈이 없다고 말하는 우리는

불사조

이지선

그대로 재를 뒤집어쓰고 가루처럼 날리는 눈에서 태어났다. 가슴속 불덩이 같은 바위를 뚫고 나온 어두운 밤. 초승달처럼 뜬 너의 말들이 나를 일으켰다. 세상이 잠든 고요의 시간에도 가슴에 떨어지는 너의 무심한 웃음이 불씨처럼 뜨거웠다. 토해지고 읊조려지는 듯 퍼지는 재의 무게. 재투성이인 채 뱉어내는. 이야기처럼 전해졌던 나의 핏빛 붉은 눈을 마주하리라.

기다려. 빈 날개 덩어리를 파닥이며 재 속에 선 다리에 새겨진 바람. 너의 생기같이 나는 더욱 붉게 물들고 너의 태양처럼 나는 더욱 붉게 새긴다. 타투처럼 온몸에 붉은 생채기. 부풀고 깊은 상처가 되어 불꽃처럼 타오르리. 더 단단하게 두들겨지고 태워지리라. 기다려. 너의 웃음소리가 어두운 이 공간에 꽉 들어서면 재를 뒤집어쓴 새가 날아 노래하리라.

마주친다

돌아오는 주머니 속 들끓는 것
중독처럼 입으로 뿜어지는 것
녹아내리는 마음에 데어 버린 손

편의점 소주를 들이부어 버린다

휘청거리는 사람들이 소금 맛이 난다
짜디짜게 적셔진 뾰족함이 드러난다

천천히 소주에 녹아버린 뒤 남은

바닥에 누워 뿜어내는 욕설과
뭉텅뭉텅 식어버린 가슴의 짓눌림

오므라진 소리가 머뭇거리며
새로운 휘파람을 불어도 마주친다

누운 나를 찔러버리는

소주병처럼 깨진 어린 소녀의
날카로운 손톱이 주머니에 있다
빠져버린 꿈의 흔적과 마주친다

꿈이 없다고 말하는 우리는

알고 싶은 진실을 만나도
가슴에 거짓을 구겨 넣으며 침묵에 길들여진다

희망이 길을 잃은 밤이면
화장실에 앉아 꾸역꾸역 삼킨 하루를 밀어내며
오지 않은 내일을 계산한다

웅크린 감기처럼 콜록거리며
주머니에 충혈된 꿈을 뒤적거린다
우리는 덜컹거리며 남은 잔돈 같은 시간을 세기 시작한다

그러다 듣게 된다
애지중지 키우다 식어버린
애써 외면하며 걸었던 꿈의 목소리

지켜낼 수 없던
날카로운 꿈에 찔리고
기침을 해도 끝나지 않는 내일이 있다고
흙먼지를 일으키며 달려온 그 길

해를 등지며 걸어온 이루지 못할 꿈을 우리는 알고 있다

그래서 숨어든 우리는 모두
그 좁은 골목길에서 만난다.

뉴스에서 가끔 나오는 작가들의 죽음을 보며 어떤 이들은 바보라고 한다. 문학인들에게 낭만은 끝났다. 끝까지 모른 척 도망가야 하는 길이다. 대한민국은 눈부신 경제 성장을 이루고 낭만을 잃었다. 나의 꿈은 젊은 나에게 독이 되었다. 나는 뉴스의 사람을 모른다. 그리고 침묵했다. 정말 아무도 없었을 것이다. 세상과 단절된 채 낙오되었을 것이다. 그녀에게 그에게도 선택은 있었을 것이다. 그러나 그렇게밖에 할 수가 없었을 것이다. 나는 그 마음의 잠식을 나에게서 잠시 꺼내 보았다.

모든 꿈이 끝났다고 생각한 놀이터 옆 편의점에서 소주를 마시며 지나가는 사람들의 따가운 눈총을 받으며 취했다. 욕을 했고 침을 뱉었고 휘청였다. 그리고 주머니에 손을 넣으며 멈출 수 없이 울었다. 무너졌다. 아무것도 없는 주머니의 따뜻함 속에서 느껴진 위로가 나를 견딜 수 없게 했다. 나는 아직도 그때를 생각한다. 누군가가 조금 더 견디라고 말했다면 어땠을까? 누군가가 나와 함께 소주를 마셔주며 조금 더 같이 해 보자고 했다면 어땠을까? 기약이 없는 것 중 가장 아름다운 것은 꿈이 아니었나.

늘 등이 뜨거웠다. 늘 감기였고 세상은 먼지처럼 뿌옇게 흐렸다.

나는 나와 같은 사람들을 만나고 싶었다. 이 도시에서 나와 같은 마음을 가진 사람들을. 기침을 해도 끝나지 않은 내일이 있다고. 날카로운 손톱이 주머니에 있다고. 말이다.

시

톨리자 PROJECT NO.2

김양숙의 골목길

도시 중심부에는 흔히 그 도시를 상징하는 위인의 동상이 위치한다. 그런 동상은 대부분 높은 곳에 위치하여 접근성이 떨어진다. 사람들이 거기에 존재하는지조차 모르고 지나가게 되는, 대중들과 동떨어져 외따로 존재하는 동상. 위대하지만 외면받는 동상이 흔하다. 그런데 인천에는 다가가 눈을 마주치고 손도 잡아볼 수 있는 동상이 있다. 그 동상은 신포동 젊음의 거리, 축제의 장소 한복판에 서 있다. 바로 인자한 웃음을 짓고 있는 김구 동상이다. 역사 속에만 존재하는 오래되고 퇴색된 위인이 아닌 지금 이곳에 실재하는 나의 영웅. 감히 어깨동무 같이하고 추억의 노래도 부를 수 있을 만한 친숙한 동상이 있다.

마르셀 프루스트의 [잃어버린 시간을 찾아서]에서는 '향기'가 오래된 기억을 깨우는 매개체이다. 나에게 있어 그와 같은 매개체는 '골목길'이다. 특히 인천의 골목길에 서면 처음 보는 공간인데도 마치 예전에 와봤던 것 같은 강렬한 기시감이 느껴진다. 낯선 공간이지만 그 안에서 친숙함을 발견하는 기쁨을 주는 공간. 그곳이 바로 인천의 골목길이다.

그의 숨결 바람이 되어
(김구 동상 앞에서)

인천 골목길에 부는 바람
그 속에 김구의 이야기가 있다

잊히지 않을 그의 이야기가
나의 마음을 두드린다
나를 일으켜 세운다
조국 독립을 위해 걸었던 발자취가
골목길마다 새겨져
내가 가야 할 길을 보여 준다

신포동 골목길에서
자유와 평화의 씨앗을 품은 젊은이들
그들의 활기찬 걸음을
대견하게 바라본다

나는 인천의 골목길을 거닌다
숨을 쉰다

시 쓰기 수업

같은 길에 서 있는데
출발점이 다르다
나란히 걷고 싶은데
발걸음이 꼬인다
다 같이 걷고 있는데
자꾸 나만 넘어진다
나한테만 깊이 팬 길
따라잡으려다
숨이 차 허덕인다

남들의 뒷모습만
바라보며 걷는 길

집으로

매일 느리게 걷기
조금씩 덜어내기

신발 끈을 고쳐매고
오늘도 가능한 멀리

나른하게 뒹구는 고양이
담벼락을 따라 늘어진 덩굴장미
햇살 좋은 강에 둥둥 떠다니는 오리들
점점 가벼워지는 발걸음

밤마다 우린 궁둥이를 붙이고
서로의 체온으로
안전하게 잠이 든다

우리 집 강아지 네모는 뭐든지 열심히 한다. 매일 걷는 길도 전혀 새로운 길인 것처럼 열심히 냄새를 맡으며 간밤에 누가 다녀갔는지, 무슨 일이 있었는지를 꼼꼼히 살핀다.

퇴근하는 식구들을 온몸을 던져 열광적으로 반기며 맞이한다. 갖고 놀던 장난감이 소파 밑으로 들어가면 혼신의 힘을 다해 박박 긁어댄다. 빗자루로 끄집어내어 주면 다시 휙 던졌다가 물어오기 시작한다. 조건 없이 사랑하는 법에도 통달해서 네모는 언제나 기꺼이 자신의 전부를 나에게 내맡긴다. 보잘것없는 나를 온전히 믿어준다.

유기되어 떠돌던 네모를 만나지 못했더라면? 생각만 해도 가슴이 철렁한다. 8년 전 우리가 만난 그날을 떠올리며 네모에게 속삭인다. 내게 와줘서 고맙다고.

골목길은 꿈을 꾼다

낮은 담벼락이 길게 이어진 곳
오래된 집들이 마주 보고 있다
가파른 돌계단을 내려가면
들리는 친구의 웃음소리

분주한 발소리는
아침 햇살을 따라 흩어지고
남겨진 웃음은
갈라진 담벼락 틈에 숨는다

난 멈춰 서서 귀를 기울인다

하늘이 붉게 물들면
저녁밥 짓는 소리
대문 여는 소리
밤이 깊어 가면 골목길은
기억을 꿈꾸며 잠꼬대한다

나는 골목길을 걷고 있다
이야기는 계속된다

Epilogue

산곡동에서 원적산으로 향하는 길을 매일 걸었다. 지금은 재개발을 위해 천막이 둘러쳐지고 통행이 금지되어 있는 동네이다. 그때도 이미 사람들이 이주하여 비어있는 집들이 많았다. 사람이 없는 조용한 골목길을 산책하다 보면 어떤 소리가 들려오는 듯했다. 간판이 떨어져 나간 폐업한 분식집이 있는 모퉁이에선 어린 친구들의 웃음소리가 들려왔다. 열려있는 대문 안에서는 밥 짓는 소리가 들리는 것 같았다. 정작 들여다보면 마당에 뒹굴고 있는 고양이들뿐. 가만히 귀 기울여 들어보니 그 소리는 골목길이 속삭이는 소리였다. 골목길은 돌아오지 않는 사람들의 꿈을 꾸며 잠들어 있었다. 기억을 되새기며 잠꼬대를 하면서. 수많은 기억이 새겨져 있는 그 골목길에 대한 시를 써보고 싶었다

박선주의 골목길

· 낯선 골목
· 이 골목 계단 끝은 무엇을 향할까

마을 기록에 관심을 두게 되어 '마을 기록가 집중과정' 수업을 듣게 되었다. 내가 속한 조에서 얼마 전 김중미 작가의 '괭이부리말 아이들'의 배경지인 만석동을 아카이빙하러 갔다. 그곳에서 태어나 현재 그 지역에 사는 박 00 님과 면담을 끝내고 마을을 한번 둘러보았다.

김중미 작가가 1987년부터 괭이부리말에 살며 지역 운동을 한 경험을 바탕으로 힘들고 고되게 살아가는 아이들의 이야기를 생생하게 담아내어 그들의 아픔을 느낄 수 있었던 그 배경지인 마을이 궁금해서였다. 마침 〈흩트리자, 시 창작〉과 인연이 되어 골목길에 대한 소재로 시를 쓰기로 한 시기여서 골목 사진을 몇 장 찍으며 다녔다. 도시재생 사업으로 예전의 모습과는 사뭇 달라도 여전히 예전의 모습이 남아 있었다.

물론 좁은 골목길이 있는 동네는 아니었지만 내가 어렸을 때 주거 형태는 아파트보다는 단층집들이 많았다. 그래서 그런지 골목길을 보면 정겹고 걷고 싶고 걷다 보면 마음의 여유도 생긴다. 특히 차도 지나갈 수 없는 좁은 골목은 사람만이 갈 수 있어 더욱 정겹다. 어느 집 대문에서 정다운 할머니가 나를 보고 따스하게 웃어 줄 것 같고 나지막한 지붕 위에 한낮의 따사로운 해를 맞으며 느긋하게 기지개를 켜 보이는 고양이를 보며 나도 덩달아 행복할 수 있어 좋다.

낮은 담장 너머로 보이는 집 마당이 정겹고 마당도 없는 작은 집 앞에 놓인 스티로폼 상자에 심겨 있는 상추, 고추도 정겹다. 달그락 그릇 씻는 소리도 두런두런 이야기하는 소리도 그리워진다. 너무 좁아서, 작아서 사람 냄새가 나는 골목이 생각난다.

골목은 나에게 그러한 아련한 추억을 가져다주는 곳이다.

낯선 골목

한 소녀가 혼자서 공기놀이를 한다

또 한 소녀가 다가와 묻는다

왜 혼자 놀고 있는지

"혼자라서 편해"

같이 놀던 소녀는

다른 놀이를 찾아간다

다시 혼자가 되어 놀고 있다

어느 날 한 소년이 다가온다

우산을 들고

따가운 태양을 피해 그늘 안으로

들어가 또 다른 놀이에 집중하는 소녀

한 걸음 걸으니 뛰어도 될 거 같아

소중한 것을 품에 안고

돌부리에 걸려 넘어져도
아주 좁은 골목도

가파른 골목도

품에 안은 것을 놓지 못하고

점점 무거운 발걸음을 쉬지 않고

방황하던 소녀는

고개를 숙여 발등을 내려다본다

빈손으로

가벼워진 발걸음으로

이어진 다른 골목을 찾아

한 걸음 다시 소녀처럼

파아란 하늘을 올려다보며

다시 걷는다—

이 골목 계단 끝은 무엇을 향할까

좁은 그 길을 걷고 있다.
어디선가 들려오는 풍경소리
내 마음의 고요한 소리인가
골목에서 들리는 풍경소리
어느 집 열린 문에 달린 풍경
좁은 골목 열린 작은 문에 달린

그래서 좋다.
집에서 나는 사람 사는 냄새
그 안에 옹기종기 자리 잡은 살림들
누가 보아도 아무렇지 않은 듯
아무나 들어와도 좋은
열린 마음이 정겹다

계단에 꾸밈없이 그려진
노오란 해바라기
나도 그릴 수 있을
정교함은 어디 가고
정다움은 거기 있네
그래서 나는 골목길을 걷는다
그 작고 좁은 길이 좋다

나는 이제 뭐 하나

모르는 것이 너무 많던 10대 20대 그때는 희망이 있었다. 앞으로 다가올 삶에 대한 기대가 있기 때문이었다. 30대 40대는 정신없이 살아낸 것 같다. 그때는 직장에서나 가정에서 나의 역할에 대한 책임을 다하며 살아갔다. 어느덧 다가온 50대 후반은 살아낸 나의 삶을 돌아보며 후회와 허무함에 빠지며 ' 빈집증후군' 이란 단어가 친숙해지기 시작했다.

이제까지 나에게 주어진 길이 전부라 생각하고 그 길에서 언제는 천천히 또는 정신없이 허덕이듯 가다 보니 어느덧 양손에 든 그 무언가도 빠져나가고 무겁던 어깨도 가벼워지며 힘이 빠지는 것은 나에게 소중했던 것들이 하나씩 떨어져 가고 있기 때문이었다. 내 편인 줄 알았던 남편이 남의 편이 되어있었고 내가 기르고 가르치던 아이들도 이젠 내가 그들에게 배울 것이 많아졌고 내가 시간이 없어 함께 못했던 아쉬움이 가시기도 전에 이젠 그들이 나와 함께할 시간과 마음이 없게 되었고 많은 시간을 보낸 직장에서도 나와야만 했다.

나는 이제 다시 혼자가 되어 남은 삶을 살아내야만 한다. 젊음의 희망도 건강함도 없이 나는 이제 뭐 하며 살아갈까.

그동안 살아낸 내 삶이 헛되지 않게 잘 살아내기 위해 다시 작은 희망을 찾으며 가던 길을 오늘도 걷고 있다

배길환의 골목길

짜장면

우리 가족 주말 점심에 식사는 중국집에서 배달시켜 먹던 짜장면이다.

주말이 되면 느지막이 일어나선 창가에 비친 햇살 때문인지 그간 쌓인 피로 때문인지 눈을 한껏 찡그린 채 실눈을 벅벅 비비는 아버지, 메리야스에 반바지를 입고선 털썩 소파에 앉아 TV를 켠다. 야구를 잘 몰랐던 나에게는 해설가들이 늘어놓는 해설은 무슨 말인지도 모른 채 뜨문뜨문 들려오는 박찬호 선수의 이름만 귓가에 들린다. 그때 너무 어려 무얼 하고 있었는지 는 모르겠지만 컴퓨터 따위를 하고 있었던 거 같다. 어김없이 아버지는 내 이름을 부르곤 중국집에 전화해 짜장면 좀 시켜라 라는 주문과 함께 다시 야구 경기에 집중한다. 나는 냉장고에 붙어 있는 전단지를 찾아 집 전화 앞에 자리를 잡고선 주문을 한다.

짜장면 두 개 주세요!

인천 중구에 가면 차이나타운이 있다. 오래돼 보이는 중국집과 전통 문양이 새겨진 화려한 중국집을 구경하며 골목골목 거닌다. 문득 어린 시절 아버지와 방바닥에 신문지 깔고 먹었던 짜장면이 생각난다. 이젠 어엿한 어른이 되어 옆엔 아버지가 아닌 애인의 손을 잡고 중국집 거리를 거닐고 있다. 다음엔 아버지의 손을 잡고 짜장면 한 그릇 먹을 날이 올 수 있을까? 생각해 보며 중국집에 들어선다.

짜장면 두 개 주세요!

사과

난 초록사과였었다
뚝 떨어졌고. 빨강의 늪에서 구르고 굴렀다
달콤한 자들은 단맛을 잃은 육신을 뱉고 씹고 맛봤다
짓눌렸어도 사과이고 싶었다
그건 최소한의 욕망이었다. 삶에 대한

'애들끼리 그럴 수도 있죠.'
'야 너네 엄마 진짜 착하다.'

치명상을 입듯 한쪽 부분엔 갈색빛 주름이 퍼지기 시작했다
그때 한켠에 남은 아주 작은 달콤함마저 소멸되었다
서걱 쪼개지고 껍질이 되어갔다

Epilogue

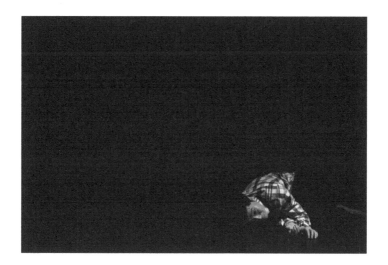

사과는 적당한 물과 정당한 햇살 적당한 기온 속에서 자라야 당도 좋고 맛도 좋고 색도 좋은 사과가 됩니다. 그만큼 예민하게 길러야 하는 사과는 마치 어린 시절 여물지 않은 아이와 같다고 생각했습니다. 어린 시절 왕따를 당했던 경험에서 느꼈던 신체석 늑제석 비날길놀 사과가 점점 썩어가고 메말라가는 형태로 비유해 봤습니다.

탱고 춤을 추다 태어난 아이

역동성이 필요했던 90년대의 시기에 탱고에 빠져 팔다리를 휘저으며
꽉 잡은 두 손을 멈추지 않았던 두 남녀는 어느새 일이라는
숙명의 시계태엽을 감아 버렸다
그 사이에 태어난 한 아이가 가지게 될 목마름은 모른 채

초등학교 4학년 흰 피부, 작은 키, 왜소한 체격, 조용한 남자아이

자연스레 약자의 굴레에 들어섰다
맹수는 저항하지 않는 자들을 좋아한다 그렇게
그들의 놀잇감이 되어 버렸을 땐 이미 모든 걸 상실한 채
침묵으로 응수하는 것만이

내 하찮은 발길질이었다

할큄은 흰 몸에 푸른빛을 돌게 했고
짖음엔 주위를 맴돌아야 했고
아우성엔 먹이를 대신 물어다 받쳐야 했다
왜 큰소리 한번 내보지 못했을까?
왜 도움을 요청하지 않았을까? 왜 저항하지 않았을까?
멍청이였다
본능적인 불합리함과 불이익조차 눌러버릴 만큼 나는
순한 양처럼 길들여지고 있었다
그때 난 아마도 자연의 법칙을 배운 거 같다

그리고 그때부턴가 난 사람을 쉽게
믿지 않았다
하나를 잃었다

그리고 이해와 배려를 얻었다.

불통

서로는 약속한다. 처음 서로는 같은 방향을 바라보고 한참을 미소 짓다 헤어진다. 서로의 눈에서 같은 목표를 주고받는다는 동질감에 애정이 싹터온다. 다음 만남에 서로는 같은 방향에 대해 이야기한다. 그러자 한 사람의. 눈길은 그때와 같은 애정을 보내며 입에선 외딴길을 이야기한다. 한 사람은 어이가 없다. 주고받은 미소는 무엇이었을까? 도대체 서로의 출발점은 어디였던 걸까? 한가득 의문을 품고는 불신의 렌즈로 갈아 낀다. 그러곤 처음 걸었던 출발점을 찾기 위해 손을 내밀고는 다시 뒤로 천천히 걸어가 보자 한다. 서로 약속한 것을 지키고 마땅한 일들을 잘해야 하기 때문에. 하지만 한 사람은 그때 이미 웃으면서 함께 잘 걸었는데 왜 다시 뒤로 가자 하는지 상대의 추궁에 한 사람은 답답함의 렌즈를 갈아 낀다. 그러곤 처음 약속했던 새하얀 손들에 실금이 그어지기 시작한다. 다음번 만남에 한 사람은 외면과 두루뭉실함을 장착하고는 약속의 시간을 흘려보내며 한 사람의 의지와 다짐을 점점 꺾어버린 채 각자의 길을 선택한다.

골목길에 대한 잔상

한 손엔 포장한 김밥 한 줄을 한 손엔 근처 카페에서 구매한 저렴한 커피를 양손에 들고 저벅저벅 걸어간다. 막 접어들려던 골목길에서 들려오는 한 발의 총성 소리. 그대로 바닥에 나자빠진다. 너무 놀라 숨어버릴 틈 없이 그 자리에 멈춰버렸고 내 온몸의 회로는 십여 초간의 정적이 흐른 뒤에야 제 기능을 하기 시작했다. 정신을 차린 나는 한때 군대에서 배운 낮은 보폭의 걸음을 사뿐히 밟으며 골목길 앞을 천천히 전진하기 시작했다. 희뿌연 연기가 뒤덮여 앞이 보이지 않았다. 연기가 눈에 들어가는 바람에 눈을 비비고 터져 나오는 매콤한 기침을 토해내며 더욱이 알아볼 수 없는 하얀 세상에 홀린 듯 전진했다. 그대로 쓰러졌다. 그리고 귓전에 들려오는 또 한발의 희미한 총성.

게슴츠레 떠진 눈에 들어오는 광경은 드넓은 푸른빛. 동시에 내리쬐는 강렬한 햇살에 겨우 정신 차려 떠진 눈에 다시금 힘을 줘 감게 만들었다. 조금씩 돌아오는 정신과 함께 온몸의 찌뿌둥함이 자연스레 탄식을 자아냈다. 고통의 몸부림을 이래저래 치다 힘겹게 겨우 몸을 일으켜 주위를 돌아보았다. 다시 눈을 비볐다. 안구의 초점이 분명 또렷했다. 주위 시선이 닿는 곳은 그저 푸른 바다뿐 그 어떤 색상도 찾아보기 어려웠다. 그리고 작은 돛단배 위에 실려 있는 나.

충격적인 순간에 순간 머릿속이 복잡해지기 시작했고 아까 전 상황을 복기시키기 위해 최대한 집중하고 있다. 그러나 슬며시 기억나는 건 단편적인 것들뿐. 총성 소리, 흰 연기, 골목길. 희미한 하얀 연기 속으로 들어가 들었던 총성 소리 외에는 기억나는 게 아무것도 없었다. 더 이상의 힌트도 찾아내지 못하는 자신이 괴로운지 고개를 막 저으며 신경을 바깥으로 내뱉다. 시선을 내려 이리저리 배 주위를 둘러보다 눈에 들어온 물건들. 바나나 하나와 생수 하나. 5미터쯤 돼 보이는 굵은 밧줄 하나. 그것들을 그저 멍하니 쳐다만 보던 찰나 주머니에서 울리는 알람 소리. 청바지 앞주머니의 뭉툭한 물체가 손에 닿자 뭔지 모를 기운이 솟아난다. 오후 2시 40분 핸드폰 배경화면도 내 것이 맞다. 119 버튼을 누르고 통화를 하려던 찰나 의문의 번호로 전화가 한 통 왔다. 조심스럽게 통화 버튼을 누른다.

여보세요? 누구세요?

골목길로 들어왔던 남자?

예? 맞는데요? 여보세요? 저기요? 지금 어떻게 된 상황이에요? 여보세요! 말 좀 해보세요. 이거 뭐냐고요?! 예?!

똑.

그때 저 멀리서 들려오는 또 한 발의 총성 소리 남자는 다급히 고개를 숙이고 귀를 막는다…

이규원의 골목길

· 교차로
· 골목에도 볕 뜨는 때 있다
· 좁은 골목
· 일상

교차로

예술고 사거리 근처 GS
거울처럼 마주 앉아 내뿜는 한숨

기쁨에 취할 수 있으면 좋으련만
부딪히는 술잔엔 쓴 아픔만 많아서
소주나 더 마셔야지

취하려면 아직 멀었어

내가 건네는 잔엔 불안이 있고
네가 쥐여준 잔엔 고통이 있어
독한 향과 쓴맛은 가시지 않고
사나워진 얼굴의 구김으로 남는다

우리의 다른 이유가 버무려져
같은 모습으로 비틀거린다
고장 난 가로등 반짝이는 골목
꺼지지 않은 두 불씨가 흔들린다

끼리끼리 모인다는 말이 틀린 적 있을까?

최근 만난 주변 사람들 중에 불안하지 않은 사람이 없다. 듣기론 행복한 일이 가득하다던 사람도, 하루종일 고통뿐이라는 사람도, 막상 만나보면 불안하다는 말이 빠지지 않는다. 분명 서로 다른 길을 걷고 있는데도 비슷한 마음으로 살고 있다는 것은 신기하면서도 왠지 모르게 아프다.

언제부턴가 함께 마시는 술에 기쁘다기보단 아픔을 나눈다는 느낌을 받는다. 잔 속에 담긴 힘듦이 서로 부딪히면서 섞여 들어간다. 잦은 한풀이로 생긴 내성에 빠르게 취하는 것도 쉽지 않다. 그래도 삼키다 보면 결국 취하긴 한다.

서로 다른 길 위에 있던 사람들이 비슷해진다. 말하지 않아도 알 수 있는 상태로 변한다. 서로의 얼굴을 보니 빨갛게 달아오른 사과 같다. 그제야 숨겨놓던 웃음을 내놓는다. 그것만으로 위로가 된다. 괜히 친밀감이 올라간다. 모르는 사람들에게도 인사할 수 있을 만큼 살가워진다.

흔들리며 타오르는 불빛들이 보인다. 하루를 끝내는 이와 시작하는 이들이 교차되는 새벽. 꺼지지 않은 불씨가 여전히 빛나고 있었다.

골목에도 볕 드는 때 있다

단 몇 초의 여유라도
한숨 돌릴 수 있는
그 작은 틈에

옅은 따스함을
붙잡고 일어서
내미는 얼굴

작은 볕에도 꽃은 핀다
꽃 안의 볕이 피어난다

좁은 골목

우리 둘이서도
가득 채울 수 있는
좁은 골목이라 좋아

걸으면 알 수 있어
네가 나에게 무슨 의미인지

맞춰 걷는 걸음
채워지는 목소리
붙잡지 않아도
떨어질 줄 모르는 마음

건물 틈으로 흩어진 빛무리 속
우리가 쌓은 발소리 맑게 울리는
좁은 골목이라 좋아

Epilogue

여름 더위에 지쳐 빠르게 집을 향해 걷다가 벽을 만났다. 두 사람이 걸으면 꽉 찬 골목. 추월하기 애매한 공간을 한 커플이 꽉 채워 걷고 있었다. 순간 짜증이 확 올라왔다. 열 발자국 정도로 거리가 가까워졌지만, 그들은 내 존재를 알아채지 못했다. 무슨 이야기가 그리 재미있는지, 웃음이 끊이질 않는 그들. 서로를 보기 위해, 살짝 돌린 그 옆모습에서 그들의 감정이 스쳐 보였다. 입가에 가득한 미소, 따스한 빛 담겨있는 눈빛. 그 사이엔 틈이 없었다. 마치 그곳에 둘만 존재하는 것처럼.

그 순간 아무 상관 없을 내 짜증이 그 미소에 녹아 사라졌다. 누군가를 온 마음으로 좋아한다는 걸 엿보는 것만으로도 미소가 지어질 정도로 사랑은 위대한 것이구나.

좁은 골목, 잠깐이나마 오롯하게 상대방을 담으려 애쓰는 눈빛, 그 마음 엿본 내가 담아 남기는 글.

일상

모난 돌멩이
발에 치여 힘없이 날아간다
저항 없는 몸뚱이
너무나 자연스럽다

불완전한 착지

몸을 가누지 못하고 튀어 오른다
날 선 비명이 골목을 덮는다

낯선 시선이 잠시 그를 스친다
하지만 아무도 멈추지 않는다

흔한 돌
이리저리 치인 돌
누구도 의미를 두지 않는다

돌 보는 자 없다
마음 쓰는 이 하나 없다
오롯하게 견뎌내는 고통
버리지 못한 날카로움

모난 돌은 둥글 줄 모르고
그것이 자신인 양
아무런 움직임 없이
쓰러져 있다

Epilogue

　골목을 거닐면 잔잔하고 차가운 느낌을 받는다. 짙은 밤이면 두려움과 불안이 가득 찬 것처럼 느껴지기도 한다. 그렇다고 골목이 늘 차가운 것만은 아니다. 좁은 틈 사이로 들어오는 햇볕이나 빼꼼 고개를 내민 민들레 같은 따스함도 가지고 있다. 차갑고 어둡지만, 밝음과 따스함이 공존하는 공간. 그런 골목이 가진 양가적인 매력을 표현하고 싶었다.

　또한 동시에 일상적인 공간으로써의 골목이 가진 친숙함도 놓치고 싶지 않았다. 그래서 편의점, 술에 취한 사람들, 돌멩이, 연인, 꽃과 같이 사소하지만, 골목에서 누구나 한 번쯤 만날 수 있는 존재들을 담았다. 최대한 평소 크게 주의를 기울이지 않는 존재들을 통해 골목이 가진 친숙함을 녹여내면서도, 상황에 따라 다르게 느껴지는 골목의 다양한 이미지들을 간접적으로 표현하려 했다.

　이번 작업을 통해 평소 무심코 지나쳤던 골목들과 그곳에 놓인 것들을 자세히 살펴볼 수 있는 시간을 가질 수 있었다. 그리고 내가 일상 속에서 얼마나 많은 반짝임을 놓치고 살고 있는지 알게 되었다.

　앞으로도 주변 곳곳에 흩어진 작게 빛나고 있는 것들을 찾아내고 싶다. 그리고 그렇게 모은 것들을 글로 담아 함께 나눌 수 있길 바란다.

이수진의 골목길

이 책에 실린 세 편의 시는 '골목'을 소재로 썼다. '큰길에서 들어가 동네 안을 이리저리 통하는 좁은 길'로 풀이되는 골목은 사람들이 밀집하는 도시를 상징하는 공간이기도 하다. 도시의 생성과 함께 만들어진 골목은 얼핏 보면 매우 유사하지만, 골목을 구성하는 건축물과 이용하는 사람들에 따라 다양한 특성을 지닌다. 골목이라고 하면 가장 먼저 떠오르는 주택가의 좁은 골목길은 대낮 아이들의 웃음소리와 이웃 간의 정을 표상하기도 하지만, 어둡고 조용해진 밤과 새벽에는 범죄의 배경이 되기도 한다. 고층 건물로 둘러싸인 골목은 도시의 분주함을 보여주고, 작은 빌딩들로 둘러싸여 복잡하고 화려한 간판과 네온사인들로 가득한 유흥가의 골목은 사람들의 욕망과 쾌락의 장소이기도 하다. 이처럼 나름의 특성을 갖지만 겉으로 유사해 보이는 골목의 형태는 사람들에게 기시감을 불러일으키고, 각자가 가진 골목에 얽힌 추억을 소환한다. 〈스무 살의 골목〉은 20여 년이 지나서 전혀 다른 골목에서 느낀 과거의 감정을 이야기한다.

골목의 또 다른 특성은 어디로든 통하는 대로와는 달리 막다른 길이 존재한다는 것이다. 그래서 다녀보지 않은 길이라면 앞의 길을 예측하지 못한다는 특징을 갖는다. 더하여 골목은 시간의 흐름과 함께 변해간다. 예측하지 못하고 계속 변화하는 골목길의 특성은 사람들의 다양한 삶의 굴곡과도 맞닿아 있다고 하겠다. 〈미로〉는 골목길이라는 공간의 실재적 특성이 인생이라는 추상적인 개념과 이어지는 순간을 표현하고 싶었다.

스무 살의 골목

스무 살에 처음 만난 서울의 골목
길을 잃은 것처럼 복잡했던

높이 솟은 건물들 사이
겹겹이 쌓인 뜻 모를 간판들 아래
밀려드는 사람들을 비집고

낯선 두려움이 섞인 술에 취해
축포같이 번쩍이는 네온사인이 가득했다

스무 살의 꿈을 버리고
마흔에 마주하는 골목은
먼지처럼 켜켜이 쌓인 두려움만 익숙하다

Epilogue

대학에 입학하고 처음 올라 온 서울은 높이 솟은 건물들과 사람들로 가득했다. 처음 부모와 떨어져 타향살이를 시작하는 신입생에게 같은 과 선배들이 유일하게 기댈 언덕이었다. 그들과 학교 근처 술집으로 처음 나서던 날, 길도 모르는 스무 살은 그저 두리번거리며 따라가는 게 다였다. 복잡한 골목을 따라 들어간 그곳에서 낯선 이들과의 어색한 술자리. 주량도 모르던 시기에 분위기에 휩쓸려 마시던 술에 금세 취기가 올랐다. 불그레한 볼을 하고 가게를 나설 때 들어갈 때는 켜지지 않았던 네온사인들이 가득 켜져 낮보다 더 화려했다. 그 화려함이 입학을 축하한다고 해주는 것 같았다.

그렇게 멋모르고 두렵고 흥분되고 생경했던 20대를 보내고 이제 곧 쉰을 바라보는 40대 중반. 크고 화려해서 두려웠던 서울을 떠나 인천에 터를 잡은 지도 스무 해가 넘었다. 서울보다야 덜하겠지만 높은 건물들과 화려한 네온사인은 여전히 주변에 가득하다. 이 모든 것들이 이제는 일상이 되었지만, 이 나이에도 앞으로의 삶에 대한 두려움은 그대로다. 오히려 나 뿐만이 아니라 가족의 미래에 대한 걱정은 더 다양하게 많아졌다.

스무 살의 골목 2 (해가 없는 골목)

해가 없는 골목은
인적이 끊겨
두려움만 남는다

나무마저 없는 골목에는
벽돌담과 시멘트벽만이
소리를 삼킨다

살아있는 것이 없어
생명이 내는 소리가
의심이 되고

소리 없이 드러난 형체는
생명이 없는 것 같아
공포를 낳는다

벗어나기 위해
눈을 감고 숨을 참는다
발걸음이 빨라진다

미로

잡고 있던 엄마의 손을 놓고
혼자 걷기 시작하고부터
골목마다 길을 잃었다

스무 살에 들어선 골목은
큰길로 이어진 것 같더니
잠시 한눈판 사이에 막혀버렸다

골목 끝 따뜻해 보이던 작은 집
다시 길을 잃을까 두려워
집 안에 스스로를 가뒀다

집은 낡고 담은 허물어져
머물고 싶어도 머물 수 없는 집
길을 잃더라도 다시 나서야 했다

길을 잃으면 되돌아 나오고
막히면 열린 문을 밀고 들어가기를 반복하는
결국 가보지 않으면 알 수 없는 골목

아무도 그 끝을 알 수 없는
골목의 시작에 다시 선다
삶의 골목은 길이 없어 미로와 같다

홀트리자 PROJECT NO.2

이지연의 골목길

· 계단
· 쓰고남은 레미콘
· 눈
· 무서워

어린 시절 골목은 놀이터였다.

고작 꼬불꼬불한 골목과 계단뿐인 곳에서

골목대장 놀이에 심취한 어린아이는 뭐가 그리 즐거웠는지

가로등 불이 켜진 후에도 한참을 뛰어다니며 땀을 흠뻑 흘렸더랬다.

새로 이사 온 얼굴이 뽀얀 친구는 낯을 가려 전봇대 뒤에 숨어있곤 했는데

단짝 친구가 되기까지 그리 오래 걸리지는 않았다.

손을 잡고 뛰어다니는 아이들의 웃음소리는 동네 골목골목에 퍼져 나갔다.

그곳은 들판이고, 바다이고, 우주였다.

익숙한 가로등 불빛을 올려다본다.

낯선 중구의 거리는 어린 시절 골목과 닮아있다.

반가움 사이로 골목의 어두움이 보인다.

주황빛 따뜻함은 사라지고 어른의 나는 두려움 가득한 시선으로 그곳을
본다.

그때의 웃음소리는 어디로 사라진 걸까.

우리의 판타지는 어디로 갔을까.

골목의 틈새로 사라진, 나의 들판, 바다, 우주.

계단

가위바위보
내가 한 칸

가위바위보
언니가 두 칸

앞치락 뒤치락
치열한 승부

계단 끝
까르르 웃음소리가 들려오면

그제야
꽃잎도, 나뭇잎도
살랑살랑 웃는다

쓰고 남은 레미콘

쓰레기장인 줄도 모르고 끈적이게 남겨진
고스란히 간직하고 있던 기억들
남겨졌다 해도 지워지지 않을 다짐들
은빛 메시지는 이제는 까맣게 타버려 검은 흔적만을 남긴다

레미콘은 여전히 그곳에 남겨져 있다
미래를 그리며 끈적이게 버텨 낸다
콘크리트가 되어 부서지지 않을 자신을 꿈꾸며

쓰고남은 레미콘
정품 비품 대량 취급
깨끗이 포장 공사 해드립니다
010·5269·3487

눈

너는 이런 거 없지
분홍 노랑 봄꽃들이 말한다

너는 이런 거 없지
초록 여름 잎이 말한다

너는 이런 거 없지
빨강 단풍잎이 말한다

앙상한 겨울나무 가지가
매서운 바람에 세차게 흔들리면
따뜻한 눈꽃이 가지마다 소담 소담 내려앉는다
하얀 눈꽃이 말한다
너네는 이런 거 없지

무서워

투둑투둑 시원한 여름비가 내리면
매미가 나무에서 툭 떨어진다
지렁이가 바닥에 툭 던져진다

투둑투둑 시원한 여름비가 내리면
나는 한발로 두발로 곡예를 펼친다
매미와 지렁이는 꾸물꾸물 춤을 춘다

지렁이를 밟을까 무서워
매미를 밟을까 무서워
촉촉한 아스팔트 위에서 춤을 춘다

곧 바싹 말라버릴지라도
오늘은 아니길.

Epilogue

어느 비 오는 다음날

축축한 풀 내음에 콧노래를 흥얼거리던 날

길 위에 유난히 많은 지렁이들이 산책을 나왔다.

신나게 안전지대를 벗어난 그들은 자신들의 끝을 알 수 있을까.

축축한 흙내음에 꿈틀대는 자유로움은 해피엔딩일까.

그들의 도전을 응원해 보지만 무섭다.

무섭다. 이 화창한 여름날이. 나로 인해 끝나게 되어 버릴까.

조연희의 골목길

· 나의 길, 나의 MARU

골목에서 뛰놀며 자란 나는 지금도 그 길을 걸으며 마음의 위안을 얻는다. 새벽녘 골목을 거닐면, 어딘지 모르는 곳에서 불어오는 바람의 차가운 기운과 서늘한 냄새가 어린 시절의 행복한 기억을 떠오르게 한다.

새하얀 입김이 새어 나오는 이른 아침, 할머니의 손을 잡고 피아노학원에 가기 위해 올랐던 골목 언덕길. 5살인 내가 걷기에는 꽤 힘든 길이었지만, 아무도 없는 고요한 그 길을 할머니와 단둘이 걷는 게 참 좋았다. 동생들과 나누어야 했던 사랑을 오직 나만이 누릴 수 있는 시간이었기에 매일 아침이 기다려졌다. 할머니의 따뜻한 손이 내 손을 감쌌던 그 순간은 소중한 기억으로 남아, 마음이 힘들 때마다 골목길을 걷는 내 마음을 어루만져 주었다.

골목길은 나에게 단순한 장소가 아니라, 나의 기억과 감정을 연결해주고 감각을 일깨워주는 소중한 공간이다. 나는 여전히 할머니의 사랑을 느끼며 골목길을 걷는다.

#1

까만 두 눈에 별 하나, 별 둘,
우주가 담겼다
빛 없이 반짝이는 눈동자에
내가 아로이 새겨져 있다

"기다려" 한마디에 꼼짝하지 않고
오직 두 눈만이 나를 쫓는다

벌름거리다 이내 촉촉해지는 코와
리드미컬하게 흔드는 꼬리가
너의 기분을 이야기하는 듯 해

너의 행복은 나야?

#2

노릇노릇 잘 구운 식빵에
새하얀 머플러를 두른 너는 특별해

색깔을 맞춘 4개의 반양말은
너를 어디서든 쉽게 찾게 해

걱정하지 마,
내가 너를 놓치는 일은 없을 거야

#3

그날을 기억하니?
우리가 처음 만난 날,
운명처럼 눈이 마주쳤었지

첫 만남의 어색함이 무색하게
내 품에 폭 안겨 우린 가족이 되었어
"정말 나로 괜찮겠어?"라는 물음에
마치 네가 대답해준 것 같았어

나를 선택해줘서 고마워

#4

미련스럽게 나는
너와의 마지막을 염두에 둔다
너의 작은 행동 변화와 습관들이
나이가 들어감에 따라 나타나는 것일까
매일 숨죽이며 너를 지켜 본다

너와 나의 시간이 달라
빠르게 앞서가는 너를 놓칠까 두려워
애써 삼킨 두려움이
내 마음을 비집고 나온다

내 생의 절반을 떼어줄 수 있다면
얼마나 좋을까

그래도 다행이다
너의 마지막을 지켜줄 수 있어서
내가 대신 슬퍼할 수 있어서

#5

킁킁!

꼬순내 나는 네 발냄새를 사랑해

꼬질꼬질한 모습마저 사랑스러워

말캉말캉 부드러운 발바닥에

얼굴을 가까이 대고 냄새를 맡다 보면

꾸질꾸질한 마음이 사르륵 녹아내려

너는 나의 유일한 도파민이야

#6

하루에 한 번 꼭 안아주세요

당신의 얼굴을 가까이 볼 수 있게

하루에 한 번 꼭 안아주세요

당신의 온기를 느낄 수 있게

하루에 한 번 꼭 안아주세요

당신의 냄새를 맡을 수 있게

내 몸에 새겨진

당신의 흔적이 사라지기 전에

#7

고단한 하루를 마무리하고
지친 발걸음을 내디딜 때
익숙한 그림자가 나를 맞이한다

희미한 불빛 아래
나를 향해 미소 짓는
작고 사랑스러운 털뭉치

세상의 소음은 사라지고
바람에 실린 냄새마저
우리만의 속삭임으로 변해
조용히 흘러간다

한달음에 달려온 너를
품에 가득 안고
차갑게 시은 보드라운 털에
얼굴을 묻는다

영원히 간직할 소중한 순간이
내 마음의 한 조각이 되어
우리만의 특별한 기억으로 남는다

Epilogue 1

마루는 소위 잘나가는 개월 수가 지난 펫샵의 천덕꾸러기였다. 펫샵인 줄 모르고 방문해 실망한 마음으로 돌아나가려 할 때, 구석진 유리 케이지 안에 납작 엎드린 마루를 발견했다. "저…. 혹시 한 번 안아볼 수 있을까요?" 생기를 잃은 채 텅 빈 눈으로 바라보는 그 아이를 외면할 수 없어 조심스레 꺼내 안았다.

처음 만난 낯선 나에게 폭 안겨 오는 마루의 따뜻함에 가슴이 저렸다. 이 작은 아이의 세상이 어땠을지 알 길은 없지만, 작은 몸으로 있는 힘껏 안기는 마루에게 "괜찮아, 이제 내가 너를 지켜줄게. 우리 집으로 가자" 속삭여 주고 꼭 끌어안았다. 그렇게 우리는 서로의 삶에 스며들어 가족이 되었다.

점점 더 혼자라는 생각이 짙어지며 고립감이 깊어지던 때였다. 견뎌야 할 아픔들이 여기저기 쌓여 있어, 어느 한구석도 온전한 곳이 없었다. 날이 갈수록 커지는 마음속의 상처는 나를 더욱 고립시켰고, 사람들을 믿지 못하게 만들었다. 그런 나에게 안겨 온 작은 털 뭉치는 한 줄기 빛처럼 희망을 주었고, 나를 살아가게 하는 이유가 되었다.

마음이 답답할 때마다 혼자 걸었던 골목을 마루와 함께 걷는다. 서로를 보듬으며 쌓아가는 날들이 이제는 가족이라는 이름으로 함께하는 나날을 더욱 특별하게 만들었다. 어쩌면 일이 끝나고 돌아온 나에게 가장 먼저 달려와 안아주는 건, 그날 우리가 느꼈던 따뜻한 안정감 때문일 것이다. 마루가 내 삶에 주는 위안과 사랑은, 내 안의 상처를 치유하고 나아가야 할 길을 온전히 걸어가게 한다.

내가 주는 사랑이 너에게도 그렇게 닿기를, 우리가 나누는 교감이 더욱 풍요로운 하루를 맞이하게 하는 빛이 되기를 소망한다.

홍유경의 골목길

「어제 못한 말」의 배경은 인천의 한 강둑이다. 거센 비가 내리고 난 다음 날, 강둑에는 아직 부러진 나뭇가지와 잎이 정신없이 떨어져 있고, 불어난 흙탕물 사이에 핏기 없이 드러난 징검다리의 모습, 바람이 불 때마다 나뭇잎에 남은 물이 떨어지는 상황은 마치 지나간 일(아버지의 죽음)에서 여전히 벗어나지 못한 채로 휘적휘적 걷는 마음속 풍경과 닮아있다.

시 속에서 화자는 이 어지러운 공간을 서성이며 발자국마다 떠나간 사람의 안녕을 기도한다. '걷는다'는 행위는 수행의 일종이며, 글쓰기와도 유사하다. 마음을 순례하고, 다독이듯 걷고, 자연스럽게 흘려보내는 것. 나에게는 불화하는 여러 감정에 호응하고 수용하는 느리지만 가장 좋은 방법이다.

아버지의 죽음과 관련하여 쓴 또 다른 시, 「눈물 버튼」 역시 글에서 장소가 언급되지 않았지만 같은 곳에서 썼다. 내가 살고 있는 구도심의 특징 중 하나는 모든 것들이 나이를 많이 먹었다는 것이다. 건물도 길도 나무도 사람도 모두 세월이 느껴진다. 산책을 하면서 아버지를 닮은 남자 어른을 마주할 때면 코끝이 찡해졌다. 꼭 몸속 어딘가 눈물 버튼이 생긴 것 같다.

「눈물 버튼」에서 '나무처럼 운다', '풀꽃처럼 휘둘리는 얼굴' 같은 표현은 평소 식물 종에 대한 호기심과 관심에서 나왔다. 태어나면 자신 안에서 벗어나지 못하고 쭉 살아내야 하는 인간의 삶과 뿌리내린 자리에서 평생을(그것도 사람보다 몇 배나 오래 사는) 나무의 삶에서 동질성을 발견한다. 모습은 완전히 다른 종이지만 식물은 같은 행성에 살고 있는 인간의 선배나 조상처럼 느껴진다. 「화분 도둑」, 「즐거운 소식」에서도 역시 식물이 꾸준히 등장하는데, 화분(선인장)이 도둑을 데리고 나가고, 잡초들이 손잡고 흥얼거리는 장면처럼 이 식물들은 원시 자연을 연상시키기보다는 도시에 살고 있는 소시민인 나의 모습이 담겨있다.

눈물 버튼

슬픔에만 눈물을 쓰고 싶어
설움 같은 것은 넣어 두었더니
눈물이 나오지 않았다

울지 않는 나를 보고도 당신은
울 거 없다고 말하고

나는 비를 기다리는 나무처럼
물을 아끼고 수관을 막고
마음을 말렸다

울지 않는 나를 보고서 당신은
그래 잘했다 잘했다 말하고

나는 외로운 나무처럼
어둠 속 깊이 뿌리 내려
작은 물웅덩이 찾아 첨벙거렸다

흔들리지 않는 나무의 얼굴을 하고
휘둘리는 풀꽃 되어 운다

목 언저리에 막혀
코끝에 매달린 설움이
마침내 가신다

이제 버튼이 눌리면 운다

화사한 날에도
풀꽃 같은 얼굴로
나무처럼 운다

어제 못한 말

걷는다
비가 지나간 어제를 걷는다
부러진 나무 사이를 걷는다
흘러가는 징검다리 위 걷는다
바람이 세게 불면 눈물 떨어지는
잎 잎 사이 사이 걷는다

그리운 사람 그리워하는 만큼
안녕할 수 있다면 좋겠다

꾹꾹 눌러 담는 발자국만큼
마음이 휘적휘적 망설이며 닿는다
어제 못한 말 오늘 적는다

즐거운 소식

하수도 주위로 동그랗게
키 작은 초록들이 흔들린다
사락사락 사락사락

흙밭에 발 담가본 적 없지만
이름으로 불린 적도 없지만

뿌리끼리 손에 손 쥐고
잡초들 즐겁게 흥얼거린다

사락사락 사락사락

시작에게 전하는 말
잘 도착했으니 걱정 말아요

바람이 물어올 때마다
한 뼘씩 자라난 녹음으로
소식을 띄운다

화분 도둑

간밤에 도둑이 집어 든 것은 화분이었다
지갑 속 지폐들 부채처럼 고이 펼쳐놓고
선택한 물건

햇살이 귀한 집
애지중지 자란 선인장에서 그는
빛을 보았을까

동냥하지 않아도 쬘 수 있는 빛 속에서
훔치지 않아도 받을 수 있는 애정 속으로
화분이 도둑을 데리고 나간다

Epilogue

걷는다. 어둠을 지우려고 걷는다.

어릴 때부터 힘든 일이 생기면 몸이 고단하게 많이 걸었다.

나는 밝음에만 솔직한 사람.

그림자 같은 마음은 나누기 싫어 켜켜이 접어놓고,

몸 밖으로 튀어나올 때쯤 혼자서 조금씩 걸으며 버렸다.

어둠도 나인 줄 모르고, 버리면 사라지는 줄 알고.

〈흩트리자〉에서 글을 쓰는 것은

흩트려도 돌아오는 그림자의 얼굴을 바라보는 시간이었다.

슬픔을 글로 쓰는 일, 밝게 바꾸지 않고 그대로 꾸밈없이 내놓는 일은 아직 머쓱해서

전학 온 학생처럼 어색하고 멀뚱한 글들이 여기 앉아 있다.

전학생들의 선생님인 시인은 '잘했다, 잘했다. 빛을 그리면 어둠도 써야지' 말하고.

혼자서는 좀처럼 동력을 내지 못하는 나는 그의 좋은 말에 귀를 기울여 발걸음을 떼어 본다.

소설

최민정의 골목길

· 경계

    인천의 대표적 구도심인 부평에서 삶의 대부분을 보냈습니다. 전에는 몰랐는데 우후죽순 생기는 신도시에 자주 다니다 보니 오래된 도시만의 매력이 더 눈에 들어오더라고요. 그런 부분을 소설에 많이 담으려고 노력했습니다.

    쓰면서 가장 힘들었던 건, 써야만 하는 글이라는 점이었던 것 같아요. 사실 제가 평소 쓰던 글과는 정말 다른 스타일이거든요. 하지만 모임 초기에 들었던 '언젠가는 써야 할, 안 쓰면 실컷 헤매다가 결국 돌아가게 될 지점'이 바로 여기가 아닐까 싶어 과감하게 시작했습니다. 패기에 비해 막히는 순간이 많아 고생하기도 했지만, 끝을 봤으니 후회는 없습니다.

    주인공, 그리고 아이에게 그렇듯 저한테 동네는 편안함이자 불편함입니다. 모든 추억이 곳곳에 묻어나 있거든요. 그건 좋은 기억만큼이나, 어쩌면 그 이상으로 나쁜 기억도 떠오르게 한다는 의미죠. 그렇게 묻어둔 기억을 들춰 조각난 장면을 만들어내고 요리조리 엮어서 글을 완성했습니다.

    요즘 재개발, 재건축 소식이 자주 들립니다. 이 역시 구도심의 특징 중 하나인데, 저로서는 이걸 아쉬워해야 할지 반겨야 할지 혼란스럽습니다. 공간이 사라진다고 해서 머릿속에서도 완벽히 사라지기는 힘들겠죠. 어쩌면 더 헛헛해지기만 할지도 몰라요. 그래서 오랜 기억을 끄집어냈습니다. 너무나 아끼지만 동시에 괴롭기도 한 나의 동네가 완전히 사라지기 전에.

경계

우리 아파트에서 큰길로 가려면 무조건 지나쳐야 하는 골목길이 있다. 나가는 방향은 여러 가지지만 결국엔 그 길로 이어졌다. 이제는 성인이 되었으니 그럴 일은 없지만, 이사 오고 얼마간은 자주 헤맸다. 덕분에 길을 못 찾아 소리 내어 울며 방향도 모른 채 맴돌던 장면이 내 인생 첫 기억이 되었다.

아직 약속 시간까지는 여유가 있어 담을 따라 골목길을 천천히 걷기 시작했다. 어깨 정도 높이의 그리 높지 않은 담은 알록달록 펼쳐진 꽃과 잔디 위 어린아이가 그린 듯 전형적인 집이 여러 개 자리잡힌 마을과 같은 아기자기한 벽화로 채워져 있었지만, 군데군데 페인트칠이 벗겨져 새삼 그 세월이 느껴지기도 했다. 어느덧 다음 계절이 가까워졌는지 쏟아지는 햇빛 속에 뜨거운 기운이 감돌았다.

간만에 느끼는 여유를 만끽하고 있던 찰나, 갑자기 눈앞에 뭔가가 나타났다. 아니 등장했다는 표현이 더 정확했다. 어린아이 하나가 예고도 없이 옆에 있던 담벼락을 획 넘어온 것이었다. 착지하면서 몸을 기우뚱하는 듯싶었는데 그래도 넘어지지 않고 버텼다.

"아 뭐야⋯."

아이가 없어 할 말을 잃은 나를 노려보더니 가 버렸다. 그 자리에 남은 건 젖은 흙으로 이루어진 반쪽짜리 신발 자국뿐이었다. 고개를 드니 아이의 뒷모습이 보였다. 책가방은 반쯤 흘러내려 겨우 팔뚝에 걸치고는 터벅터벅 걷고 있었다. 이렇게 쨍쨍한 날씨에 어디서 물이라도 맞은 건지, 머리는 곱슬기가 올라온 데다 새하얀 티셔츠와 검은 바지에도 물기와 흙 자국이 선명했다. 보고 싶지 않았던 익숙한 모습이었다.

어느덧 뒷모습이 손바닥만큼 작아져 나 역시 내 갈 길을 가려는데 느릿하면서도 멈추지는 않던 아이가 그 자리에 멈춰버렸다. 순간 공기마저 멈춘 듯 갑작스러운 정적이 찾아왔고 찰칵- 하는 선명한 카메라 소리가 들렸다.

자세히 보니 아이는 하늘을 향해 휴대폰을 든 채 사진을 찍고 있었다. 큰 움직임 없이 두세 컷 정도를 찍더니 또 같은 속도로 걸음을 옮겼다. 아이의 모습이 생뚱맞으면서도 자꾸 시선이 가서 홀린 듯 쳐다보다가 이내 정신을 차렸다.

갑작스러웠던 아이의 등장처럼 불규칙하게 휴대폰 진동이 연달아 울리고 있었다. 모른 척 메시지를 확인하며 다시 천천히 걷기 시작했다. 놀라긴 했지만 금방 잊어버릴 만한 딱 그 정도의 첫 만남이었다.

아침 수업 때문에 일찍 집을 나서는데 어쩐지 봄이라기엔 쌀쌀했다. 하늘을 올려다보니 먹구름이 가득 차 햇빛 한 점 보이지 않았다. 바람은 또 왜 그리 많이 부는지 이상하다고 생각하던 중 익숙한 냄새가 코끝을 스쳤다. 어린 시절부터 느꼈던 비의 냄새였다. 흐릿하지만 축축한 흙냄새, 자연스레 비와의 기억들이 스쳐 지나갔다. 일단 집으로 돌아가 3단 우산 하나를 가방에 넣었다.

'이 정도면 괜찮겠지.'

판단이 틀렸을지도 모른다는 느낌이 든 건 지하철역에 거의 다다랐을 때쯤 가랑비가 흩뿌리기 시작하면서부터였다. 예상대로 강의실에서 창밖을 봤을 땐 온 세상을 잠기게 할 작정인 듯 세차게 쏟아지는 빗줄기가 눈에 들어왔다. 역에 도착했을 땐 바지가 군데군데 짙게 물들며 번지고 있었다. 반쯤 포기한 마음으로 지하철을 탔다. 다시 역에서 나오자마자 습한 기운이 몰려왔다. 더는 우산이 의미가 없어 쓰는 둥 마는 둥 천천히 걸었다.

질척거리는 신발이 점점 신경 쓰였다. 웅덩이를 아무리 피하려 해도 꼭 한 번은 밟아 양말까지 흠뻑 젖었다. 비 오는 날마다 반복되는 일이었는데 오늘은 유독 거슬렸다. 아침부터 반갑지 않은 기억이 떠오른 탓이었다. 빨간 신호가 켜진 횡단보도 앞에 멈춰 섰는데 건너편에서 걸어가는 한 아이가 눈에 띄었다. 아이가 방향을 틀자 왜 시선이 갔는지 알 수 있었다. 정확히는 내 시선에 아이의 뒷모습이 익숙했다.

눈앞이 흐릿할 정도로 비가 오는데 우산도 없이 걷고 있었다. 심지어 뛸 생각은 손톱만큼도 없어 보이는 걸음 속도였다. 한참 걷는 중인지 머리카락뿐만 아니라 비와 닿는 모든 부위에서 물이 떨어지는 것처럼 보였다. 체격도 조그마한 게 온몸으로 비를 받아내더니 이내 가녀린 어깨가 추위에 살짝 떨리는 게 눈에 들어왔다.

신호가 바뀌자마자 횡단보도에 뛰어들었다. 잠깐 사이에 아이를 따라잡아 뒤에서 대뜸 우산을 들이밀었지만, 기억 속 아이의 찡그린 표정이 자꾸만 떠올라 가까이 다가가기가 망설여졌다. 눈치 보는 날 뒤에 두고 아이는 계속 걸었다. 그렇게 열 걸음쯤 걸었을까? 대문 하나를 지나친 후에야 아이는 뭔가 이상함을 간지한 모양이었다.

고개를 돌린 아이의 표정에는 당황스러움이 가득 담겨있었다. 그다음 행동은 단언컨대 내 예측 범위 안에 존재하지 않았던 것 중 하나였다. 아이가 갑자기 뛰기 시작한 것이었다. 언제 그렇게 천천히 걸었냐는 듯이 뒤도 돌아보지 않고 금세 골목길 끝으로 사라졌다. 오늘도 가방은 가까스로 팔에 걸쳐있었다. 빵빵한 풍선을 불다 놓쳐 이리저리 불규칙하게 날아다니는 꼴을 본 듯 황당해진 상태로 꽤 한참 멍하니 서 있었다. 메고 있던 가방과 뒷머리까지 흠뻑 젖어버렸으니 말이다.

집에 돌아와 어릴 때처럼 손가락으로 화장실 거울에 낙서를 하며 되짚어봤다. 구름, 비, 우산, 그리고 아이도 그렸다. 바깥에서 인기척이 들렸다. 얼른 샤워를 마무리하며 거울에 물을 뿌려댔다. 낙서는 어린 시절처럼 순식간에 흔적도 없이 사라졌다.

"요즘은 우산 잘 가지고 다니네?"

머리카락의 물기를 털어내고 있는데 엄마의 목소리가 들려왔다. 비 소식이 있어도 집을 나서는 순간 비가 오지 않는다면 챙기는 법이 없었다. 비가 내려 우산을 챙겼더라도 비가 그치면 그게 어디든 우산을 놓쳤다. 그랬던 내가 이제 습관적으로 우산을 챙기기 시작했다. 비에 흠뻑 젖어있던 아이가 다시 떠올랐다.

눈꺼풀에 본드를 발라놓은 듯 아침부터 눈 뜨기가 평소보다 몇 배는 힘들었다. 앓는 소리를 내며 겨우 몸을 일으켜 커튼을 열었는데 흐려서 차이가 없었다. 그런데 창밖을 지켜봤지만 우산을 쓰는 사람은 없었다. 문득 아이가 떠올라 베란다에 말려둔 우산을 돌돌 말아 가방에 넣었다. 아이가 궁금하면서도 어딘가 불편한 마음이 들었다. 동시에 깊게 묻어뒀던 기억이 비집고 나왔다.

고요했던 운동장, 세차게 내리며 귀를 따갑게 울리던 빗소리, 학교 1층 복도에서 창문 너머를 한참 바라보던 나의 모습이 떠올랐다. 비를 잔뜩 머금은 먹구름만큼 어둡고 깊은 우울감과 원인까지 생각이 닿기 전에 재빨리 몸을 움직여 집을 나섰다. 이런 기억 같은 거 별로 떠올리고 싶지 않았다.

수업을 마치고 봉사 시간을 채우기 위해 공공도서관으로 향했다. 그리고 익숙하게 대출 반납 기계를 이용하며 책을 읽는 아이를 발견했다. 길이 아닌 곳에서 아이와 마주친 건 처음이라고 생각했지만 틀렸을지도 모르겠다는 생각이 들었다. 아이는 자료실에서 내내 조용히 행동했다. 게다가 높은 집중력까지 보였다.

"봉사자님, 많이 바쁘실까요?"

"네? 아뇨."

"그럼 혹시 책 정리 좀 부탁드려도 될까요?"

그제야 서가 사이에 자리 잡은 북 트럭이 눈에 들어왔다. 책이 탑처럼 쌓여 정리해야 할 타이밍을 한참 놓친 상태였다. 얼굴이 붉어지는 걸 느끼며 작게 대답을 한 후 몸을 일으켰다. 서둘러 정리를 마치고 자료실을 둘러봤지만, 아이는 이미 사라졌다.

오늘은 오락가락 비가 장난처럼 오는 날이었다. 여전히 짙은 비 냄새를 느끼며 도서관을 나섰다. 우산으로 괜히 바닥을 툭툭 치면서 걷다 보니 또 비가 내렸다. 한숨을 쉬며 우산을 펼치는데 시야에 또 익숙한 사람이 보였다.

아이다! 오늘도 우산 없이 골목길에 우두커니 서 있었다. 차라리 그냥 안 보였으면 좋겠다는 생각과 함께 다가갔다. 아이가 갑자기 손에 쥐고 있던 휴대폰을 올리더니 찰칵- 사진을 찍었다. 말없이 다가가 우산을 씌웠다. 전보다 조금 더 거리를 둔 터라 등에 흐르는 빗줄기가 더 진하게 느껴졌다. 이번에는 바로 알아챈 듯 아이는 나를 가만히 쳐다봤다.

처음 제대로 마주한 아이의 눈동자는 새카맸다. 다른 색은 조금도 섞이지 않은 듯한 흑색이었다. 마치 빠져나올 길 없는 밤바다 같았다. 그 눈빛에 담긴 온도를 예상해 보자면 차가운 겨울이었다. 조금도 숨김없이 불편함을 내비치는 눈빛이 서늘했다. 그러면서도 완전히 멀어지려고 하진 않는 아이를 보며 익숙한 냄새를 맡았다.

"휴대폰 젖잖아."

어색해서 아무 말이나 내뱉어 보는데도 아무런 말이 없었다. 그래도 이번엔 도망가지 않았다.

"근데, 뭘 찍는 거야?"

아이는 대답 없이 경계심으로 가득한 시선을 꽤 노골적으로 표현했다. 그래도 지금까지의 만남 중 가장 친절한 반응이었다. 그리고 휴대폰을 주머니에 넣으며 걷기 시작했다.

"그냥 궁금해서. 집에 가? 하나아파트 맞지? 우산 없는 거면 데려다줄게."

아까보다 훨씬 뚜렷하게 부정적인 눈빛을 보냈다. 짜증까지 더해진 것 같아 망설이다가 끝내 한 마디를 덧붙였다.

"대답 안 하는 이유가 있어?"

이번에도 대답을 기대하지 않았는데, 처음으로 아이의 조그만 입이 움직였다.

"엄마가, 모르는 사람이랑 얘기하지 말랬어요."

생각보다 어리고 여린 목소리에 잠시 멈칫했다.

"그리고 아줌마 이상해요."

"야, 아무리 그래도 나 대학생인데 아줌마라니….."

말을 다 끝내기도 전에 아이는 도망가 버렸다. 어이가 없어 우산을 어깨에 기대둔 채 아이가 사라진 방향을 바라봤다. 집에 오자마자 신발장을 열어 한 귀퉁이에 몰아넣은 우산 더미를 헤쳤다. 매일 가방에 넣고 다닐 만한 가볍고 작은 우산이 하나 있었던 것 같은데 쉽게 보이지 않았다. 기억에도 없었다. 어쩌면 당연했다.

다시 필요해져 찾기 전까지는 대개 자신이 뭘 잃어버렸는지도 잘 모른다. 엄마한테 물어봤자 물건을 제자리에 두라는 잔소리로 이어질 게 뻔해 포기하기로 했다. 그저 당분간 비가 오지 않고 아이가 생각나지 않기를 바랐다. 빗물을 씻어내고 온몸이 말끔하게 말랐는데도 아직도 비에 젖은 듯 축축하고 무거웠다. 쓰러지듯 침대에 누워 일기예보를 확인했다. 다음 주까지 해가 그려진 날은 한 손에 꼽을 정도였다. 비는 둘째치고 아이를 마주치고 온 날이면 자꾸 어릴 때의 기억이 떠오르는 게 더 난감했다. 그렇지만 이후 상황은 생각나지 않았다. 비 오는 운동장을 하염없이 바라보던 내 모습뿐이었다. 그저 기억이 조용히 지나가길 바랐다.

올봄은 지겨울 정도로 비가 내렸다. 우산을 하나 더 챙기는 게 습관이 됐다. 오늘은 큰길에서 아이를 발견했다. 평소와 다를 바 없이 힘이 빠진 모습이었다. 스프레이가 분사되는 듯 약한 빗줄기였지만 발걸음을 서둘러 그 앞에 우산을 들이밀었다. 아이는 이제 놀라지도 않고 도망가지도 않았다. 그렇다고 쉽사리 우산을 받는 것도 아니었다.

이런 우리 관계가 습기로 가득하면서도 비는 시원하게 쏟아지지 않는 지금 날씨처럼 애매하게 느껴졌다. 익숙하게 아이의 앞을 막아서고 우산을 펴주려는데 갑자기 구름 사이로 햇빛이 비쳤다. 그 빛은 아이의 머리카락에 매달려 있던 물방울에 닿아 내 쪽을 향해 반짝 빛났다. 아이는 빛을 따라 하늘로 시선을 옮겼다. 그리고 어김없이 찰칵- 하는 촬영음이 이어졌다. 아이는 종종 어떠한 낌새도 없이 사진을 찍었다. 게다가 아이가 찍는 건 오직 하늘뿐이었다. 그렇게 종종 동네에서 아이를 발견하고 우산을 씌워주는 일이 반복됐다. 그것은 내게 익숙한 일상이 되었다. 굳이 이유를 찾지 않았다. 그리고 우리는 도서관에서도 자주 마주치게 되었다.

'나는 저 나이대에 무슨 책을 읽었더라?'

아이가 고르는 책을 보며 생각에 잠겼다. 소설 코너를 지나다가 멈출만한 책이 한 권 눈에 띄었다. 초등학생 때 정말 여러 번 읽었던 '모모'였다. 잠시 읽어 볼까 싶었다. 다시 서가에서 나와 은근슬쩍 아이가 앉은 자리 뒤쪽을 어슬렁거렸다. 책에 빨려 들어갈 듯 고개를 숙여 집중한 모습이었다. 단번에 같은 시리즈를 찾아 1, 2권을 손에 들고 자리에 앉았다. 그날 자료실은 아이와 나의 책 넘기는 소리만 속삭이듯 퍼졌다. 번갈아 났다가 어느 때는 겹치기도 했다. 시간이 어느 정도 지난 후 아이는 책을 챙겨 대출 반납 기계에 올린 채 한참을 서 있었다. 뭔가 문제가 생겼다는 걸 눈치챈 나는 아이에게 다가갔다.

"뭐가 잘 안돼?"

"…멈췄어요."

딱히 잘못한 것도 없을 텐데 아이의 시선은 쭉 아래를 향해있었다. 화면을 보니 가끔 일어나는 오류였다.

"괜찮아. 이거 오래돼서 자주 이래."

숨겨진 전원 버튼을 누르고 10초쯤 기다린 후에 다시 전원을 켰다. 기계는 아무 일 없었다는 듯 재가동을 시작했다. 아이는 작은 탄성을 뱉었다.

"이거 좀 오래 기다려야 되는데, 데스크에서 대출해 줄까?"

그제야 나를 올려다보며 살짝 고개를 끄덕였다. 대출은 금방 처리되었고 반납일을 안내하며 책을 건넸다.

"감사합니다."

그렇게 자료실을 나갔다. 뒤통수까지 사라지자마자 한숨을 쉬었다. 익숙한 일인데 이상할 정도로 긴장했다. 내내 모른 척했지만 우리는 확실히 서로를 알고 있었다.

전공 수업을 연달아 들으니 진이 빠졌다. 매주 반복되지만 익숙해지지 않았다.

"어, 선배님 저희 이번에 과 행사하는데 혹시 참여하시는지 확인해야 해서요. 제가 3학년 과대라."

그의 말에서 의도를 읽어내기 위해 부단히 노력했다. 표정, 말투, 단어 선택, 제스처를 보면 아무리 진심을 숨겨도 힌트 하나 정도는 찾을 수 있었다. 그렇게 파악이 끝내고 그들이 원하는 말을 던져줬다.

"미안. 바빠서 안 될 것 같아."

학교는 작년에 신도시로 캠퍼스를 옮겼다. 덕분에 어딜 봐도 새 건물뿐이었다. 이런 곳은 깔끔해서 좋지만 별로 오래 있고 싶진 않았다. 그래서 지하철로 고작 40분가량 떨어진 우리 동네에 내리면 마음이 놓였다. 고층 건물이 오히려 눈에 띄는 풍경, 그늘로 인도를 다 덮을 만큼 크고 빽빽한 가로수, 구석구석 모르는 곳이 없을 정도로 익숙한 길까지. 편하지 않을 이유가 없었다.

그중 하나인 도서관에 도착했다. 허름한 외벽에 새 현수막 하나가 달렸다. 프로그램 소개와 함께 즐겁게 뛰어노는 어린아이들의 모습과 잔디밭 그림이 그려져 있었다. 축축한 비 냄새가 풍겨 또 비가 오려나 싶었는데, 그림에서 물기가 느껴지는 걸 보니 이미 한바탕 쏟아진 모양이었다.

도서관에 들어가니 아이가 앉아 있었다. 다행히 오는 길에 비를 맞진 않은 것 같았다. 익숙하게 직원에게 인사를 하고 쌓인 책을 정리했다. 아닌 척 힐끗힐끗 나를 주시하는 시선이 느껴져 북 트럭을 완전히 비우고 나서야 빈자리에 앉았다.

아이를 따라 읽기 시작한 열다섯 탐정 시리즈를 4권까지 모두 읽었다. 그동안 계속 말을 걸고 싶었는데 도무지 타이밍이 나질 않아 여러 번 망설였다. 어느 날은 아이가 오지 않았고 어느 날은 내가 도서관에 갈 틈이 나지 않았다. 그러다 오늘 아이와 나만 남았다. 아이를 등지고 앉아 있던 나는 일부러 소리를 내며 자리를 옮겼다. 아이는 약간 놀란 듯했지만 피하시 않고 나를 바라봤다. 경계를 풀진 않았지만 완전히 아이 쪽으로 몸을 돌려 앉았다. 그리고 책상에서 열다섯 탐정 4권을 들어 보였다.

"이거 재밌더라. 근데 탐정이 왜 굳이 동아리까지 만들었는지 나중에 풀려? 뭔가 그 이유가 다가 아닐 것 같은데 아직 안 나오길래."

최대한 담백하게 열심히 준비한 공통 주제를 내밀었는데 아이의 눈이 본 중에 가장 커졌다. 아이의 입이 열리기 전까지 오만가지 부정적인 생각이 떠올랐는데, 금방 들려온 아이의 목소리에 모두 착 가라앉았다.

"저도요."

"응?"

"저도 그거 궁금해서 보는 거예요."

잘 되어가고 있다는 생각이 들었다.

"근데 친구들은 아무도 몰라요. 그냥 진짜 다른 동아리 들어가기 싫어서 그런 거 아니냐고. 처음이에요."

밤바다 같았던 아이의 눈에 별이라도 박힌 듯 반짝였다.

"그래? 난 그게 계속 신경 쓰이던데. 6권까지도 안 나와?"

"아직 확실히는 안 나왔는데 나올 것 같아요. 탐정이 몰래 교장실로 들어가는 거 친구가 봤어요."

"와 뭐가 있긴 있네. 우리가 맞았네."

그러자 아이가 활짝 웃었다. 그 얼굴을 보다가 어느새 나도 따라 웃었다. 기분이 좋아져 뭔가 장난을 치고 싶어졌다.

"나 또 궁금한 거 있는데 물어봐도 돼?"

"이상한 거 아니면 괜찮아요."

또 책에 대한 질문을 하라는 듯 아이는 작고 하얀 손가락으로 책 표지를 톡톡 두드렸다.

"너 그때 담은 대체 왜 넘었어? 아무리 봐도 안 어울려."

순간 아이의 눈이 미세하게 커졌다가 작아졌다. 놀란 것 같은데 그것마저 티를 내고 싶지 않은 모양이었다. 하지만 아이는 여전히 침묵으로 일관했다. 붉어진 귀는 차마 숨기지 못한 채 말이다.

아이가 말없이 일어나 나에게 꾸벅 인사를 하고 나갔다. 나도 자리를 정리하고 일어나려는데 문득 자각하지 못했던 소리가 귓가에 닿았다. 뭔가 불규칙하게 탁탁- 떨어지는 소리. 곧바로 창문을 바라봤다. 비가 내리고 있었다. 뛰다시피 데스크로 가 가방을 뒤졌다. 작은 우산을 꺼내어 곧바로 밖으로 향했지만 순간 걸음을 멈췄다. 아이가 비를 맞고 있지 않고 입구에 가만히 서 있었다. 사진을 찍고 있는 것도 아니었다.

빗줄기는 점점 더 거세졌다. 잠시 망설이다가 천천히 아이에게 다가가 몸이 닿을락 말락 한 거리에 나란히 섰다. 아이는 날 바라보지 않았지만 나는 작은 우산을 만지작대다 말없이 앞에 내밀었다. 내 시야에서는 잘 안 보였지만 우산을 보고 있는 것 같았다. 아이의 망설임을 참을성 있게 기다렸다. 이번만큼은 닿기를 바랐다. 빗소리가 조금 옅어지는 게 느껴졌다. 동시에 마음이 조급해져 억지로라도 쥐여주고 싶다는 생각이 불쑥 튀어나왔지만 한 번 더 참았다. 얼마나 지났을까. 아이가 두 손으로 우산을 집었다. 너무 놀라 하마터면 우산을 떨어뜨릴 뻔하다가 간신히 손으로 받쳤다. 아이의 손에 잡힌 우산이 유독 커 보였다. 아이는 나를 올려다봤다.

"고맙습니다."

"어, 아니야. 비 맞지 말고 잘 쓰고 가."

아이는 또 한 번 꾸벅 인사를 하고 천천히 우산을 펼쳤다. 평소 가방에 있는지도 모를 정도였지만 아이가 비를 피하기엔 충분해 보였다. 다행이었다. 다행이었다. 아이는 빗방울만큼 작아지며 시야에서 사라졌다. 여전히 고요한 도서관에는 약해진 빗소리만 조그맣게 울리고 있었다.

"말하기 싫어?"

익숙한 문장에 순간적으로 스쳐 지나는 오래된 기억들과 함께 나오려는 한숨을 가까스로 참았다. 다음으로는 표정을 다잡았다. 아무렇지 않은 척, 귀찮지 않은 척, 기분 상하지 않은 척, 괜찮은 척 굴었다. 이 이상 꼬투리 잡히고 싶진 않았다.

"더 드릴 말씀이 없어요."

거짓말이었다. 내가 입을 다무는 경우는 상대가 원하는 말이 무엇인지 알 수 없을 때와 원하는 말을 죽어도 해주고 싶지 않을 때였다. 덕분에 어릴 때부터 많이 시달렸다. 요령이 없던 그때와는 달리 이제는 거짓말로 상황을 모면하는 게 어렵지 않지만 아무래도 번거로운 일이었다.

"나야말로 할 말이 없네. 단체 생활에 그렇게 적응을 못 해서 어떡하려고?"

또 답을 바라는 듯한 눈빛을 피해 시선을 내리깔았다. 교수실 바닥 무늬는 복도와 달랐다. 모양도, 색깔도 불규칙한 작은 덩어리로 가득 차 있었다. 그중 내가 좋아하는 회색의 덩어리를 하나하나 세기 시작했다. 딱 아홉 개를 찾았을 무렵 한숨과 함께 기다렸던 말이 들려왔다.

"됐나. 내 입만 아프지. 가 봐."

깍듯하게 인사를 하고 밖으로 나가 조용히 문을 닫았다. 그제야 짜증스러운 한숨을 내뱉었다. 조용히 문을 노려보다가 누가 볼까 얼른 걸음을 옮겼다. 사람들은 그저 참여자 머릿수 하나가 추가되는 것만 기대했다. 질리지만 따질 용기도 없으니 어떻게든 버텨서 넘기는 수밖에 없었다. 버틴다는 단어를 생각하자 비가 오는 학교와 아이가 떠올랐다.

'뭔가를 버티고 있는 걸까?'

담을 넘으며, 비를 맞으며, 책을 읽으며 견디고 있는 건지도 모르겠다. 하지만 가녀린 어깨와 조그만 손으로 대체 무엇을 버티고 있는 것일까. 버틴다는 것은 어린아이와 어울리지 않았다. 오늘은 비가 오지 않았다. 그리고 아이는 골목에서 흐린 하늘을 열심히 찍고 있었다.

"어? 안녕하세요."

아이는 먼저 인사를 하며 가방을 뒤적거려 우산을 꺼내 내밀었다.

"안녕. 정확하구나."

그러나 말과 달리 우산을 받지 않자 새카만 눈동자로 나를 빤히 쳐다봤다.

"가방에 넣고 다녀. 또 비 맞지 말고."

그러자 아이는 필요 없다는 듯 고개를 저었다.

"괜찮아요."

'뭐가? 우산 없이 비를 맞아도? 아니면 내 걱정이?'

대답해 줄 것 같지 않은 질문이라 그냥 우산을 받았다. 또 짐이 늘겠다.

"도서관 갔다가 오는 길이야?"

"아니요."

짧은 답이 이어지니까 딱히 할 말이 떠오르지 않았다. 대화 주제를 찾기도 지쳐서 잠시 정적을 견뎠다. 계속 걷기만 하는데 갑자기 툭 하고 뭔가 떨어졌다. 아이는 느끼지 못했는지 걸음을 멈추지 않았고 바닥엔 조그만 과자 하나만 남아 있었다. 천천히 주웠더니 문방구에서 파는 초콜릿 과자였다. 예전에 나도 많이 먹었었는데. 아이에게 돌려주려 보폭을 넓혀 금방 따라잡았다.

"이거 떨어졌어."

아이는 살짝 당황하는 표정으로 재빨리 과자를 집어 갔다. 그러더니 꾸벅 인사를 하고 정문으로 쏙 들어가 버렸다. 이제는 익숙할 정도로 예측 불가능한 아이의 행동을 보며 잊었던 무언가를 닮았단 느낌까지 들었다. 어느덧 다시 비 냄새가 진하게 풍겨오고 있었다.

"이거 오늘 대출하는 애들한테 나눠주시면 돼요. 어른들 말고 애들한테만."

직원이 내민 바구니 안에는 초콜릿, 과자, 사탕까지 다양한 간식거리가 가득했다. 무인 대출 반납기 근처에 앉아 기다리자 자주 보이던 애들이 대출을 하며 간식을 받아 갔다. 하지만 아이의 모습은 보이지 않았다. 바구니에는 전에 아이가 떨어뜨린 과자도 있었다. 고민하다가 슬쩍 하나를 챙겨 주머니에 넣었다. 아이의 반응을 기대하며 한참을 기다렸지만 아이는 오지 않았다. 아이와 마주친 건 집으로 돌아가는 길 담벼락 아래에서였다. 아이는 왔다 갔다 그 자리를 맴돌다가 나에게 꾸벅 인사를 하고는 다시 걷기 시작했다. 아이의 앞을 가로막으며 초콜릿 과자를 쥔 주먹을 내밀었다. 손을 펴 과자를 보여주자 이게 뭐냐는 표정이었다.

"어, 이거 좋아하는 줄 알았는데? 일부러 도서관에서 챙겨온 거야."

그제야 아이의 입꼬리가 슬며시 올라갔다. 있는 줄도 몰랐던 보조개까지 살짝 드러났다. 좋아하라고 건넨 거지만 이 정도일 줄은 몰라서 잠시 걸음을 멈췄다. 아이 역시 나를 따라 멈춰 섰다. 이유가 궁금한 듯 눈을 크게 동그랗게 뜨고는 나를 올려다봤다. 길지 않은 침묵 끝에 웃는 얼굴로 초콜릿 과자를 내밀었다. 아이는 별 망설임 없이 하지만 천천히 과자를 집었다. 살짝 스친 아이의 손은 생각했던 것보다 더 작았다.

"나도 그거 되게 좋아했어."

"근데 왜 저 줬어요?"

"지금은 너보다 덜 좋아할 것 같아서?"

"감사합니다."

그러더니 아이가 멈칫하며 과자를 만지작거렸다. 뭔가 할 말이 있는 것 같은 모양새였다. 물어보려는데, 아이가 먼저 입을 열었다.

"선생님."

정확히 나를 보며 움직인 입술. 그러나 낯선 단어에 말문이 턱 막혀버렸다.

"…이라고 불러요?"

이어진 아이의 목소리는 확 작아져 있었다. 익숙지 않은 호칭에 당황했다.

"편한 대로 불러도 돼. 선생님이라고 불러줘."

그러자 아이는 고개를 끄덕였다.

"그럼 나는 뭐라고 부를까?"

그제야 아이는 내가 자신의 이름을 모른다는 걸 알아차린 듯 멋쩍게 웃으며 답했다.

"준이라고 불러주세요."

"그래, 준아."

아침 수입 때문에 시둘리 나오는 길에 학교에 가려는지 건물 입구에 선 이이를 발견했다. 거리엔 부슬비가 내리고 있어 내 손에도, 아이 손에도 우산이 들려있었다. 골목까지 같이 갈까 싶어 멀리서 지켜보았다. 아이가 우산을 펴지 않고 건물에서 나왔다. 당황한 나는 근처 나무에 몸을 숨기느라 잠시 아이를 놓쳤다. 그새 아이는 코너를 돌았는지 사라져 있었다.

'정말 비 맞는 걸 좋아하는데 내가 끼어든 걸까?'

학교 가는 내내 고민해 봤지만 도저히 이해가 가지 않는 지점이 있었다. 결국 아이는 우산을 받았다는 것이었다. 뭔가 떠오를 듯 말 듯 답답함이 밀려왔다. 머리가 아파 버스 창문에 기대는데 어느 학교 운동장에 시선이 꽂혔다. 그 기억이었다. 손으로 비를 막고 운동장을 가로지르는 내 모습을 본 것도 아닌데 본 것처럼 선명했다. 확실한 건 감정뿐이었다. 나는 좋아하지 않았다. 비 맞는 것, 젖는 것, 혼자인 것, 전부 다 싫었다. 얼굴이 달아오르는 게 느껴졌다. 곧 눈물이 차오를 거라는 전조 증상이었다. 충동적으로 하차 벨을 눌렀다. 얼마 지나지 않아 멈춘 버스에서 혼자 내렸다. 고층 건물과 공사판이 뒤섞여 아직 채

완성되지 않은 신도시 풍경이 보였다.

숨 막힐 정도로 의도적인 깔끔함을 더는 보고 싶지 않아 우산으로 가리고는 땅만 보며 걷기 시작했다. 선명한 색상의 보도블록이 점점 흐릿해졌다. 당연했다. 예견된 일이었다. 아이를 만나고 가까워지면서 이렇게 될 건 뻔한 상황이었지만 벌어지기 전까지는 예상할 수 없었다. 점점 발이 축축해지는 게 느껴졌다. 여전히 어디로 향해야 할지 방향을 모른 채 한참 떠돌아다녔다. 오후가 되자 비가 그쳤다. 두 시간을 넘게 걷다가 마주친 어느 도서관에 들어갔다. 이름도 생긴 것도 낯선 곳이지만, 책은 대부분 비슷했다. 얼마 전 주저했던 '모모'를 다시 집어 들어 읽기 시작했다. 생각보다 오래 걸리지 않았는지 도서관 문을 닫기 전에 다 읽고 나왔다. 휴대폰으로 지도 앱을 켜서 현재 위치를 확인했다. 다행히 근처에 지하철역이 있어 길을 찾으며 걸었다. 지하철을 타고 자리에 앉고 나서야 나는 '모모'를 떠올리며 생각에 잠겼다.

다시 읽은 책은 내 생각과는 조금 달랐다. 그저 판타지인 줄 알았는데 이번에 보니 주제가 꽤 철학적이고 심오한 내용이었다. 책을 덮을 때까지 좋아한 이유마저 기억이 나지 않았다. 이야기를 온전히 이해하지도 못했으면서 이 책을 여러 번 펼쳤던 건 왜였을까? 지금 그 이유를 알 수 없는 건 단지 기억의 문제일까, 아니면 내가 너무 달라졌기 때문일까?

답을 찾기 위해 기억을 의식적으로 더듬었다. 학교 복도, 젖은 운동장, 폭포처럼 쏟아지던 비, 축축하게 젖은 느낌, 집에 도착하자 덜덜 떨리던 몸, 그 모든 순간 혼자였던 기억을 자꾸만 떠올렸다. 다시 비가 내리기 시작했다. 오늘도 홀로 골목길을 걷는 아이가 보였다. 그런 아이에게 마음이 쓰였다. 외로운 줄 모르고 외로웠던 그 시절의 나 같았다. 아이에게 우산이 필요해서가 아니라 내가 주고 싶어서 건넸던 거였다. 그래서 아이는 개의치 않고 나 혼자만 전전긍긍했다.

예전의 나에게 우산을 주고 싶었던 걸까. 그러나 아이는 그때의 나와 다르다는 걸 알고 있다. 내가 우산을 씌워줄 존재는 아이가 아니라 나라는 걸 확실히 해야 했다. 아이와의 거리를 좁히지 않고 속도에 맞춰 걸었다. 아이를 알게 된 후 처음 있는 일이었다. 이제 제자리를 찾을 시간이었다.

"하늘 사진은 왜 찍는 거야?"

"좋아서요."

아이의 대답에 하늘을 올려다봤다. 그나마 먹색은 아니지만 구름이 가득한지 하얗기만 하다. 보여줄 수 있냐고 묻자 아이는 순순히 휴대폰을 건넷다. 생각보다 오래전부터 찍었는지 쌓인 사진이 많아 한참을 들여다봤다. 비슷비슷해 보이는 파랗거나 흐린 하늘이 이어졌다.

"보통은 노을 많이 찍던데."

"그때는 집에 있어요."

"아, 그렇겠네."

새삼 아이가 초등학생임을 다시 떠올리며 휴대폰을 건넸다. 아이는 이제 곧잘 먼저 이야기를 꺼내기도 했다.

"하늘은 매일 다르거든요. 그래서 좋아요."

"그렇구나."

하늘을 잘 보지 않는 나로서는 이해하기 어려웠지만, 아이는 진심인 듯 목소리 톤이 평소보다 살짝 올라갔다. 누구나 관심이 생기면 좀 더 깊게 알게 되는 법이니까 어떤 마음인지는 알 것 같았다.

문득 타인의 말에 귀를 기울일 줄 알았던 모모와 그를 사랑한 친구들이 떠올랐다. 사람이 아니라 하늘에 그런 관심을 쏟는 걸 보면 아무래도 정말 아이는 혼자인 걸 즐기는 모양이었다. 얼마 전 도서관 프로그램을 권유했을 때도 거절했으니 거의 확실했다. 아이는 나와 달랐다. 그걸 알고 나니 아이를 대하는 게 훨씬 편해졌다.

"선생님은 뭐 좋아해요?"

"나? 글쎄."

떠오르는 게 딱히 없었다. 책을 좋아했지만 지금은 아니었다. 아이돌 가수를 좋아했던 적도 있지만 역시 지금은 아니었다. 스스로를 어른이라고 생각해 본 적은 별로 없는데 오늘따라 내가 되게 재미없는 어른처럼 느껴져 어색했다.

"너는? 또 뭐 좋아하는데?"

"음, 그냥 누워있는 거요."

의외의 대답이었다. 책을 좋아해서 도서관에 오는 줄 알았으니까.

"근데 왜 여기에 있어? 비도 오는데?"

"그냥요."

아이의 그냥은 나처럼 많은 의미를 내포하고 있는 건지도 말 그대로인지도 모르겠다. 나와 다른 걸 보면 정말 있는 그대로 말하는 것 같기도 했다. 날이 흐려서 시간 가는 줄도 몰랐는데 시계를 보니 평소보다 늦어졌다. 어두워지기 전에 출발하려 벤치에서 일어났다.

"가자, 준아. 비 더 오기 전에."

아이는 한 번 더 나를 바라봤다. 어쩐지 눈동자 속에서 어떠한 일렁임이 보이는 듯하다 사라졌다. 뭔가 말하려던 찰나 갑자기 비가 미친 듯이 쏟아졌다. 당황한 나는 얼른 우산을 펼쳐 아이 손에 쥐여주고 내 우산도 손에 들었다. 조금 젖더라도 집에 가야 할 시간이었다.

요 며칠, 아이가 보이지 않았다. 아파트 단지 내에서도, 골목길에서도, 도서관에서도 마찬가지였다.

이렇게까지 갑자기 사라져 버리다니 뭔가 이상할 정도였다. 고작 한 달 사이에 내 일상 속에 아이가 얼마나 큰 비중을 차지했었는지 사라진 후에야 제대로 인식했다. 그래봤자 연락처조차 모르는 사이였다. 아이를 찾을 방법은 없었다.

유독 흐린 날씨가 잦았던 봄을 지나 습기와 더위의 계절이 왔다. 봄비는 자연스레 장마로 이어졌다. 방학도 했고 예전에 아이가 나왔던 현관 앞에서 죽치고 기다려볼까 싶었지만 비가 너무 많이 와서 그럴 수가 없었다. 미친 사람 혹은 스토커로 몰려도 할 말 없을 테니까 말이다. 사실 아이가 점점 눈에 띄지 않아 서서히 멀어지는 것도 좋겠다는 생각을 한 적이 있었다. 언제까지고 이렇게 지내는 게 자연스러운 일은 아니고 아이에게서 벗어나 나에게 집중할 시간도 필요했다. 그런데 이런 식을 원했던 건 아니었다. 기껏해야 인사 잘 나누고 이사를 가거나 학원에 다녀야 해서 도서관에 오지 않는 것과 같은 상황을 예상했을 뿐이었다. 이대로라면 나에게 집중하기는커녕 온 신경이 아이의 행방에 쏠릴 게 뻔했다. 하필 방학이라 할 것도 없어 방에 누워 아이 생각만 했다. 대체로 안 좋은 쪽으로 상상이 이어지는 게 견디기가 힘들어 그냥 누워있는 게 좋다던 아이의 말을 떠올렸다.

'아이는 누워서 무슨 생각을 했을까? 왜 누워있는 게 좋았을까? 그런데 굳이 도서관에 오는 이유가 그냥이라고? 진심이었을까? 아이가 열다섯 탐정 시리즈를 좋아한 이유는 뭐였을까? 학교에서는 잘 지내나? 잠깐이었지만 친구들 얘기도 했으니까 괜찮은 거겠지?'

내내 속으로만 맴돌았던 질문들이 장맛비처럼 쏟아졌다. 한없이 축 처지는 기분이었다. 이것도 좋은 방법은 아닌 것 같아 천장을 바라봤다. 야광별 스티커가 보였다. 크기와 붙인 모양새 모두 제각각이었다. 대체 무슨 생각으로 저렇게 엉망으로 붙인 건지 모르겠다. 딱 아이 나이쯤이었는데, 세월이 한참 지났으니 빛을 잃은 지 오래였다. 자꾸 생각의 흐름이 아이로 연결되어 그냥 잠이나 자려는데 메신저 알림음이 울렸다. 무시하려는데 한 알림이 끝나기도 전에 다시 알림이 겹치며 마구 울리는 게 안 봤다가는 끝도 없이 쌓일 것 같아 결국 휴대폰을 들었다.

갑자기 잡힌 약속이지만 동네를 벗어날 필요가 있는 나에게는 나쁘지 않았다. 서울의 번화가에서 시끌벅적하게 놀다가 밤늦게 집으로 돌아오는데 익숙한 골목길의 적막이 낯설게 느껴졌다. 은은한 가로등 불빛이 겨우 어둠을 몰아내는 조용한 골목길을 걸으며 아파트 입구로 향했다. 어쩐지 안쪽의 벽화도 스산할 것 같다고 생각하고 있는데 부스럭거리는 소리가 들렸다.

고양이인가 싶어 소리가 나는 곳을 보니 누군가 담벼락을 넘고 있었다. 자세히 보려 얼굴을 찡그리는데 순간 삐끗했는지 비명과 함께 바닥으로 떨어져 버렸다.

"준아?"

가로등 아래에서 보니 확실히 아이였다. 깜짝 놀라 빠르게 다가갔더니 새하얀 다리에 새빨간 피와 젖은 흙이 뒤엉겨서 엉망이었다. 하필 반바지를 입어 맨살 쪽이 그대로 바닥에 쓸린 모양이었다.

"괜찮아?"

당장 할 수 있는 게 없어 상처에 손조차 대지 못하고 반사적으로 내뱉은 말에 아이는 아무런 대답이 없었다. 고개를 들어 얼굴을 보니 무언가를 참고 있는 표정이었다. 이유를 찾으려 살폈는데 아이의 손이 바닥을 짚고 있었다. 상처가 문제가 아닐지도 모르겠다는 생각이 들 무렵, 담 너머에서부터 시끄러운 소리가 점점 가까워졌다.

"아이고 준아! 다쳤어?"

아이와 이목구비가 꼭 닮은 여자분이 다급하게 달려와 아이의 몸을 끌어안았다가 여기저기를 살피기 시작했다. 나는 자연스레 몇 걸음 떨어져 말없이 일어섰다. 아이는 갑자기 엉엉 울기 시작했다. 누가 봐도 엄마인 사람에게 매달린 채였다. 그 모습을 보는데 엉뚱하게 기억이 되살아났다. 내가 왜 '모모'를 좋아했었는지 말이다. 주인공 모모에게는 그를 소중하게 생각하는 친구가 둘 있었다. 아주 조용하고 그저 잘 들을 뿐인 모모를 늘 아끼고 걱정하고 관심 가져주는 존재가 있다는 게 부러웠다. 그래서 그 책을 읽고 또 읽었다. 나는 그제야 아이를 바로 볼 수 있었다. 그리고 어린 시절 비에 젖어 달리던 나의 모습이 선명해졌다.

이제는 도망갈 곳이 없는 막다른 골목길이다.

나를 가장 나답게 만드는, 그래서 타인과 구별 짓는 지점을 '자아'라고 한다. 인간은 숱한 경험과 함께 수없이 많은 변화를 겪지만, 그럼에도 불구하고 그 밑바닥에는 하나의 분명한 기반이 있는 것이다. 자아가 표출되는 데는 시공간의 영향을 받지 않지만, 생성되고 단단해진 시기나 환경은 명확하다. 주인공에게는 바로 자신의 동네가 그런 곳인 셈이다.

"…이제는 성인이 되었으니 그럴 일은 없지만, 이사 오고 얼마간은 자주 헤맸다. 덕분에 길을 못 찾아 소리 내어 울며 방향도 모른 채 맴돌던 장면이 내 인생 첫 기억이 되었다."
"고요했던 운동장, 세차게 내리며 귀를 따갑게 울리던 빗소리, 학교 1층 복도에서 창문 너머를 한참 바라보던 나의 모습이 떠올랐다."

자신이 기억하는 한, 해당 지역 외에는 살아본 적이 없는 주인공은 자아를 형성한 특정 장소를 끊임없이 마주치며 기억을 되새긴다. 그래서 오히려 더 깊게 묻어두고 싶었지만, 결국 아이를 통해 직면하게 된다.

"그래서 지하철로 고작 40분가량 떨어진 우리 동네에 내리면 마음이 놓았다. 고층 건물이 오히려 눈에 띄는 풍경, 그늘로 인도를 다 덮을 만큼 크고 빽빽한 가로수, 구석구석 모르는 곳이 없을 정도로 익숙한 길까지. 편하지 않을 이유가 없었다."

주인공은 애써 외면할 뿐 불편함을 함께 느끼고 있고 외로움이라는 깊은 감정을 느낀 장소들에 대한 거부감을 표현하고 있다. 즉 내면에서 형성된 감정의 표출이 불편하며 이는 인간적인 구도심의 특성과 유사하다. 그래서 소설의 배경을 나의 경험이 집약된 인천 부평으로 설정했다. 또한 점점 잦아지는 재개발과 재건축으로 인해 고층 아파트와 낮은 빌라가 공존하는 부평의 모습에서, 바뀌고 변화하는 것처럼 보여도 결코 완전히 사라지지 않은 채 밑바탕이 되어 버린 주인공의 자아를 표현하고 싶었다.

이야기는 자아를 발견하면서 끝나지만, 사실상 고민이 시작된다. 나의 자아는 어디에 머물러 있는가? 나는 그것을 정확히 인식하고 있을까? 자아가 느끼는 감정은 어떠한 것인가? 인식한 후에는 어떻게 해야 할까? 받아들여야 하나, 아니면 극복해야 하나? 확실한 점은 일단 마주해야 한다는 것, 그래야 그다음이 있다는 것이다. 주인공은 외면했던 자신을 바로 봤기에 분명 이전과는 달라질 것이다. 설령 긍정적인 변화가 아닐지라도 말이다.

최윤희의 골목길

· 사막 새우

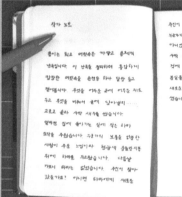

　종이는 희고 머릿속은 까맣고 총체적 난국입니다. 이 난국을 정리하려 용감하게 캄캄한 머릿속을 손전등 하나 달랑 들고 걸어봅니다. 무엇을 어두운 곳에 어두운 채로 두고 무엇을 비춰서 글에 담아낼지. 고르고 골라 사막 새우를 썼습니다.

　얼마 전 집에 돌아가는 길에 작은 하마 조각을 주웠습니다. 누군가의 보물을 엉뚱한 사람이 주운 느낌이라 주인이 찾아가기를 바라며 형광색 충돌 방지 봉 위에 하마를 올려뒀습니다. 다음날 가보니 하마는 없었습니다. 주인이 찾아갔을까요? 아니면 하마에게 새로운 주인이 생겼을까요? 애초에 이 하마는 누군가가 잃어버린 게 맞을까요? 혹시 버린 건 아니었을까요?

　사막 새우는 이 '하마'와 같이 잃어버려진 것에 대한 이야기입니다. 모쪼록 이 분실문들이 쓰레기통에 버려진 게 아니라 새로운 자리를 찾았기를 바라는 마음을 담아 썼습니다.

사막새우

사막 새우. 비가 오면 모래 웅덩이에서 깨어나 번식하고 물이 마르면 죽는다. 대부분의 시간에 모래 속의 알로 존재하는 것이다. 내게는 엠이 그랬다.

"이 새우가 대충 며칠을 사는지 알아?"

엠이 핸드폰으로 인터넷 뉴스를 넘기며 대수롭지 않게 말했다.

"7일."

엠의 말은 내게 오래 살지 않겠다는 선언처럼 들렸다. 변덕스러운 엠이 그 새우 같다는 얘기를 한 뒤라 그렇게 느껴졌고 은연중에 엠의 태도에서 엠이 삶에 무관심하다는 걸 느껴왔던 터라 더욱 그렇게 여겨졌다. 나는 엠을 흘깃 보고 말했다.

"쓸데없는 생각 하지 마."

맥락을 잘못 파악했다는 말을 들을지언정, 진심으로 엠을 말리고 싶었다. 엠이 한 말이 농담이었을지라도 말이다.

"이럴 때만 단호하지. 걱정 마. 네가 이렇게 재밌는데, 내일 또 봐야지."

엠은 천연덕스럽게 말하고는 내 목에 팔을 둘렀다. 나는 바로 물었다.

"내가 어느 날 재미없어지면?"

죽고 싶은 건지 살고 싶지 않은 건지 구분이 되지 않았다. 죽고자 하는 걸 말리는 것도 살 의지가 없는 사람을 살고 싶게 만드는 것도 내게는 모두 어려운 일이니 구분 못하는 건 문젯거리도 아니었다. 엠은 한숨을 내쉬듯 쉽게 답했다.

"그럼 뭐 너에게 멋대로 맡긴 내 책임이지."

엠이 그렇게 대답한 때부터 나는 불안해졌다. 내 책임이라고 생각했으니까 나는 엠의 힘을 기억했다. 엠은 자신이 하고자 하는 일이라면 자신만이 아니라 남들도 따라 하게 만들 정도의 힘이 있었다. 나는 엠의 눈을 마주치지 않으려 일부러 엠의 뾰족한 턱에 시선을 두고 대화하려 했다. 눈을 보면 인정하고 싶지 않은 사실을 알게 될 것만 같았다. 그럼에도 시나브로 엠의 힘이 사라져 가는 게 느껴졌다. 엠의 힘은 단순히 매력이나 추진력 같은 엠의 특징이 아니었다. 엠의 생명력이었다.

낡고 오래된 학교는 숨겨진 공간이나 숨을만한 공간이 없는 한 일자 건물이었다. 복도에 서서 좌우로 훑기만 해도 누가 뭘 하는지 알 수 있었다. 쉬는 시간이면 이런 복도의 이 끝에서 저 끝을 왔다 갔다 걷는 게 내 하루 운동의 전부였다. 교실은 사람이 많아 공기가 답답했고 복도에 멍하니 서서 창밖을 바라보는 것도 질린 참이었다. 왁자지껄한 주변 소리를 무시하려 애쓰며 보려고 바닥의 금을 따라 걸었다. 나처럼 앞을 보지 않은 사람이 또 있는지 어깨를 세게 부딪쳤다. 나는 반사적으로 사과했다.

"아, 죄송."

부딪친 교복의 주머니에서 뭔가가 툭 떨어졌다. 담뱃갑. 고개를 들어 얼굴을 확인한 건 불가항력적인 일이었고 눈을 마주친 건 실수였다. 앞집 사는 엠이었다. 내가 사는 골목은 빌라들이 우후죽순 계획 없이 세워진 곳이었다. 사용할 수 있는 면적은 다 사용하려는 듯 꽉꽉 채워서 지어 건물 간 간격이 좁았다. 건너편 건물과 창을 어긋나게 지어야 한다는 계산도 없이 지어 창을 열면 건넛집이 그대로 보였다. 본의 아니게 나는 엠에 대해 알았다.

엠의 집은 처음 이사 온 날부터 커튼을 치지 않았다. 부산스러운 아주머니, 부산스러운 동생. 손을 옷 속으로 넣어 긁적이거나 두피를 쓸고 냄새를 맡는 것. 겨드랑이에 손을 끼웠다가 손끝을 코에 가져다 대는 일차원적인 것부터 집에 아저씨가 없는 것까지. 건너편에서 우리 집 안이 들여다보이면 자기네 집 안도 들여다보인다는 걸 모를 리가 없는데 아무도 보지 않는 것처럼 행동했다. 엠은 달랐다. 학교에서 항상 소란스러운 아이들의 중심에 있던 엠은 집에서는 큰 소리를 내는 법이 없었다. 내가 경악스러운 표정으로 아주머니와 엠의 동생을 쳐다보면 꼭 나를 노려보는 엠과 눈이 마주쳤다. 조용하다는 게 존재감 없다는 뜻은 아니라는 걸 엠의 시선을 겪어보고 깨달았다. 그렇다고 엠이 자기네 커튼을 치지는 않아서 나는 엠의 눈빛에 슬그머니 일어나 우리 집 커튼을 치곤 했다.

엠이 담뱃갑을 주워 주머니에 쑤셔 넣는 틈을 타 쏜살같이 교무실로 들어갔다. 문을 세게 닫자, 선생님들이 의아하다는 듯 쳐다봤다. 나는 담임 곁에 의자를 끌어다 앉으며 속으로 숨을 내쉬었다. 첩보 작전이라도 완수한 듯 엠을 따돌린 스스로가 대견했다. 담임이 하는 이러저러한 얘기가 귀에 들어오지 않았다. 수업 종을 듣고 교무실에서 나오는 길에 창틀에 잠시 기댔다. 학생들이 모두 교실로 돌아가 조용한 복도에서 그제야 숨을 조금 트였다. 햇빛에 달궈졌는지 쇠로 된 창틀이 데일 듯 뜨거웠다.

창이 더 이상 여름을 막아주지 못할 때쯤 나는 도덕책을 잃어버렸다. 못 찾는 거겠지 서랍을 뒤적거리다 잠가둔 사물함을 몇 번이고 열었다 닫았다. 정리가 되지 않아 난잡한 서랍과 사물함을 아무리 헤집어도 나오지 않았다. 집에서는 도덕까지 볼 시간이 없었다. 도덕책은 시험 기간 외에는 집에 가져간 적이 없어 집에 없는 게 확실했다.

"왜 그래?"

반 친구가 고개를 들이밀었다. 공부하는 듯 보였던 짝꿍이 고개를 획 들더니 대신 답했다.

"교과서 잃어버렸대."

나는 혹시나 해 교실 뒤편에 있는 쓰레기통을 흘깃거렸다. 긴장할 때면 늘 그렇듯 심장이 귀에서 뛰는 것처럼 느껴졌다. 온갖 자극적인 상상이 뭉게뭉게 피어올랐다 쓰레기통 속 자잘한 쓰레기를 보고는 그대로 꺼졌다.

"쓰레기통은 왜?"

"혹시나 해서."

"내가 같이 찾아줄까?"

목소리가 큰 이 친구는 당장이라도 반 전체에 내가 책을 잃어버렸다고 외칠 것처럼 보였다. 나는 친구가 외치기 전에 소매를 잡아끌었다.

"고마워. 근데 진짜 괜찮아. 내가 집에 두고 왔나 봐."

"아니면 어떻게. 빨리 찾아야지. 내가 물어봐 줄게."

나는 재빨리 덧붙였다.

"기억났어. 내가 집에 뒀으면서 이렇게 까맣게 잊어버렸냐."

내 말에 짝꿍이 나를 흘깃 보더니 고개를 내렸다. 내 싱거운 웃음에 안심한 친구는 자기 자리로 돌아갔다. 당장 다음날 수업에 들어가야 했다. 근처 서점을 돌며 부모님이나 선생님께 들키기 전에 사보려 했으나 교과서를 파는 곳이 없었다. 인터넷으로 주문하니 배송에만 며칠이 걸렸다. 문제를 감추려는 시도는 내가 학교에 있을 때 도착한 택배를 엄마가 먼저 뜯어보면서 막을 내렸다.

날이 더워 에어컨은 뜨겁고 선풍기도 따뜻한 바람만 나왔다. 어떤 기계도 창문을 열지 않으면 소용이 없는 날씨였다. 건너편에 들릴까 긴장해서인지 유독 엄마의 고함이 크게 느껴졌다. 엄마는 내가 물건을 잃어버린 건 그걸 소중히 여기지 않았기 때문이라며 다그쳤다. 엄마가 이 문제에 유난히 학을 떼는 건 지난 한 해 동안 내가 물건을 많이 잃어버려서 그런 걸지도 몰랐다. 나를 믿는다는 엄마는 잃어버렸다는 지난 한 해 동안의 말도 믿었을까? 믿지 않았을까? 어느 쪽이든 이번에는 진짜로 잃어버린 것이었다. 나는 머쓱하게 웃어도 보고 설명도 해보려 했지만 등짝만 한 대 더 맞고 말았다.

"잃어버린 것도 버린 거랑 같다니까!"

나는 아귀힘이 약해서 어려서부터 물건을 흘리는 일이 잦았다. 어려서부터 그러지 않았냐는 사실을 기준으로 했을 때 이상한 점이 없는 이상한 나를 엄마는 겪어나가는 중이었다. 그러니 엄마가 화를 내는 걸 이해할 수 있었다. 엄마가 화를 내는 건 내가 말하지 않기 때문이다. 모르기 때문이다. 엄마가 사실을 모르는 게 더 좋아서 작년에 내가 겪었던 불편을 엄마에게 말하지 않았다. 눈이 촉촉해지는 걸 참으며 코끝을 씰룩거리는데 엄마의 어깨너머로 엠의 동생이 기웃거리는 게 보였다. 평소 볼거리를 제공하는 건 건너편 집이었는데 말이다. 엠은 태연하게 식탁에 앉아 공부를 했다. 얼굴이 달아올랐다.

다음날부터 엄마의 지시대로 내 물건을 잘 챙기기 위해 모든 교과서를 가방에 넣어 다녔다. 가방이 무거워진 뒤로 밤이면 무릎이 지끈거렸다. 키가 자라지 않고 눌렸으니, 성장통이 아니라 가방 통인 셈이었다. 나는 이 일을 모르는 척해준 엠의 태도에 크게 안심했고 엠을 조금 신뢰하게 됐다.

우리 가족이 사는 곳과 마찬가지로 엠의 가족이 사는 곳은 지상 주차장이라고 부르기에는 아쉬운 차 두 대를 댈만한 곳이 있었다. 그 주차장을 제외하고 그 위로 1층부터 4층까지 각 층당 두 가구씩 살았다. 이렇게 짓는 것도 유행이었는지 인근 빌라들은 모양만 다르지, 구조는 모두 같았다. 밤이면 길이 반쯤 막힐 정도로 차가 넘쳐도 낮에는 주차할 곳 두 자리마저 텅 비었다. 엠의 집 주차장에는 까만 옷을 입은 무리들이 모여 우르르 서 있고 했다. 나는 괜한 시비를 피하려 집에서 나서기 전에 주차장을 확인하고는 했다. 그날도 그랬다. 방충망에 이마를 붙이고 지그시 눌러 밑을 내려다봤다.

"왜? 쫄았냐?"

어느새 창문을 열어젖혔는지 난간에 팔을 기댄 엠이 큰 소리로 물었다. 마침 오늘도 있던 까만 무리가 위를 쳐다보더니 자기네들끼리 웅얼거렸다. 머리털이 쭈뼛 섰다. 건너편에 사람이 살지 않는 것처럼 편하게 굴며 무시하더니 오늘따라 왜 이러는지 모를 일이었다. 나는 엠의 갑작스러운 영역 침범에 잠시 할 말을 잃었다. 엠은 아무렇지도 않게 말을 이었다.

"맨날 확인하고 나가더라."

부끄럽지만 틀린 말은 아니었다. 이럴 때는 빠르게 인정하는 것이 덜 없어 보였다.

"응, 그런 셈이지."

"오지 말라고 할까?"

"너랑 아는 사이야?"

"아니."

당황스러웠다. 밑의 녀석들도 자기네 얘기를 하는 걸 알았는지 웅성거림 속에 욕이 섞이기 시작했다. 이럴 바에야 더위를 참는 게 나았다. 나는 더 대꾸하지 않고 창문을 닫았다. 허접한 샷시 너머로 엠의 웃음소리가 들렸다.

"어차피 이따 확인하려고 다시 열 걸 왜 닫냐?"

엠의 행동으로 한참 뒤에 집을 나서야 했는데도 이날 엠의 웃음소리를 생각하면 나도 맥없이 웃음이 나왔다. 나는 본의 아니게 온갖 종류의 비웃음에 통달한 사람이었다. 그런 내가 느끼기에 엠의 웃음은 청량해서 나를 비웃거나 웃음거리로 여긴 것 같지 않았다. 또래가 웃을 때마다 작아지는 기분이 드는 상황에 익숙해 이렇게 상대의 웃음에 같이 웃음이 나오는 게 생경했다. 반 친구들과 친하게 지내려 때에 맞춰 웃는 것과는 달랐다.

그날 저녁 침대에 눕자 왈칵 눈물이 났다. 에어컨이 한 대뿐이라 방문을 열어놓았기에 엄마 아빠가 들을까 소리 없이 이불에다 눈물을 찍었다. 아무것도 아니라고 이미 지난 일이라고 별로 힘든 일도 아니라고 생각했는데 내가 망가져 버렸구나 싶었다. 작년에 세웠던 계획대로 반이 바뀌고 자연스럽게 새 친구를 사귀었는데도 늘 뭔가 잘못됐다고 여겨졌는데 자연스럽게 웃는 것조차 어색할 줄은 몰랐다. 코가 꽉 막혀 입을 벌린 채로 얼굴에는 열이 올라 씩씩거리는 채로 나는 조용히 뜨거운 콧물을 마셨다. 말 그대로 지난 일은 지난 일이고 망가진 건 고치면 된다고 다짐했다.

이후로 우리는 학교에서 안녕을 묻는 사이가 됐다. 엠과 알고 지내자 그제야 엠의 이런 돌발 행동에 휘말린 애가 한둘이 아니라는 걸 알게 됐다. 엠은 이런 일을 하고도 학교에 소문이 퍼지지 않게 할 수 있었다. 엠이 할 일을 아무도 알지 못하는 게 아무도 엠을 말릴 수 없는 이유였다. 내가 다음 할 일을 예측하지 못하게 하라. 예측 못 할 일을 벌이기 전에 누구에게도 말하지 말라. 엠이 한 말은 아니고 엠의 행동을 보고 친구들이 지어준 엠의 어록이었다.

나는 조용히 망가진 내 센스를 복구하려 애썼다. 애쓰는 한편 센스를 가지려고 고민할수록 스스로가 볼품없어 보여 마음이 가라앉고 했다. 감이 좋아지고 싶어 예민해지려고 했고 예민해지려 나를 애써 갈아낼수록 고민이 늘어났다. 엄마는 부쩍 말이 늘어난 나를 보며 고개를 내저었다.

"사춘기인가? 응? 근데 말을 이렇게 많이 하는 사춘기도 있나?"

생각이 내 머릿속을 혼자 메아리치며 이상하게 자라내기 전에 말로 뱉어내야지. 그렇게 뱉어낸 말이 다른 사람에게 부딪쳐 부서져야 맥락을 파악하는 센스를 기를 수 있겠지. 그렇게 생각했기에 내 불안 지수는 수다의 양과 비례했다. 내 수다는 나에 대한 일장 연설보다는 상대에 대한 질문 폭탄으로 이어졌다.

"너 갓 말 트였을 때도 이랬는데."

엄마는 나를 꼭 안아줬다. 키가 비슷한데도 엄마는 나를 꼭 가슴에 품어주셨다. 그럼 나는 무릎을 굽히고 얌전히 안겼다. 이런 엄마에게는 죽고 싶다 말할 수 없겠지. 그래서 선택하게 된 대화 상대가 엠이었다.

"나는 애들이 죽고 싶다고 말하는 이유를 모르겠어."

나는 애들이 흔하게 말하곤 하는 죽고 싶다는 말의 맥락을 파악하기 힘들었다. 욕하듯 습관처럼 나온 말인지 내가 진지하게 말려야 할 상황인지 알 수 없었다.

예를 들면 등을 만 채로 풀리지 않는 문제와 씨름하던 친구가 등을 굵으며 허리를 편다. 망했다. 죽고 싶다고 말한다. 그러면 나는 어떻게 반응해야 할지 몰라 뜸을 들이게 되는 것이다. 그동안에 어색해지고 마는 사이가 싫었다. 엠에게 이런 내 고민에 대해 털어놓았을 때 엠은 이렇게 답했다.

"네가 치는 건 못 쳐도 빠지는 건 잘하던데?"

글로 읽을 때는 오해의 소지가 있어 보이지만 딱히 악의가 있는 답은 아니었다. 단순히 약간의 의아함을 담은 정말 어려웠냐는 반문이었다. 엠은 쓰레기 줍는 집게로 주차장에 흙처럼 쌓인 먼지를 이리저리 뒤적거리며 중얼거렸다.

"왤까?"

딱히 답이 나오지는 않았지만 엠에게 고민을 털어놓고 조언을 구하는 건 편안하게 느껴졌다. 애초에 엠에게 뭔가 숨기기엔 너무 가까이 살았다. 엠에게 속을 터놓고 얘기할 수 있었던 건 내 친구 중에 엠의 친구가 없고 엠의 친구 중에 나와 친한 애가 없었던 영향이 컸다. 엠과 나는 서로의 의견을 듣는다고 무조건 동의해야 하는 사이가 아니라 오히려 더 쉽게 말할 수 있었다. 이런 얘기를 하기에 적당히 가깝고 적당히 멀었다.

"나였으면 학교 상담한테 곧장 말했을걸? 학기 내내 불려 다니면서 상담한테 자살 시도하려나 의심받고 그게 아니라고 증명하다 보면 다시는 그런 말 할 생각 못 할 거야."

엠이 콧잔등을 찡그리며 킬킬거리다가 진짜로 코가 가려웠는지 크게 재채기했다. 엠은 집게로 주변을 쓱 훑고는 허공을 겨냥했다. 주차장을 평정한 모양새였다. 이곳에 모여 바글거리던 무리는 자리를 옮겼는지 보이지 않게 된 지 오래였다. 엠이 모종의 엉뚱한 행동으로 그들을 떠나게 한 걸지도 몰랐다. 아무튼 엠의 조언은 내게 그다지 쓸모 있는 조언은 아니었다. 나는 엠이 아니었으니까.

나름 옆 건물의 주차장과 선을 긋는다고 무릎쯤 오게 쌓인 담에 엉덩이를 걸치고 있었다. 이 담에도 주차장 바닥과 같이 시멘트 바닥이 깨진 흰색 먼지가 한 겹 쌓여 있었다. 엠은 주차장 한쪽 구석에 있던 깡통을 들고 왔다. 건물 어른들이 재떨이 겸 쓰레기통 겸 쓰는 깡통이었다. 엠은 가방에서 주섬주섬 종이를 꺼내 불을 붙이고 깡통에 던졌다. 나는 무릎을 끌어안고 멍하니 깡통 속에 타오르는 불을 바라봤다. 엠이 고개를 주억거리며 말했다.

"빈말이라도 네가 죽고 싶다고 한 걸 들어본 적이 없는 것 같긴 하네."

아니다. 엠에게 하지 않았을 뿐이고 빈말도 아니었다. 어쩌면 엠에게 말하고 싶었던 건 예시가 아니라 이 얘기였을지도 모른다. 모른다고 말을 돌릴 정도로 스스로 잘 알고 있었으면서…. 엠이 나를 빤히 바라보고 있었다. 엠을 앞에 두고 생각에 너무 오래 잠겨 있었나 보다. 나는 급하게 대답할 때면 늘 그렇듯이 상대방에게 바통을 넘겼다.

"너도 그렇잖아."

"나는 쉽게 말하는 사람한테 편견이 있어서."

실제로 엠은 본인이 한 말은 고민 없이 단박에 지켰다. 말은 어렵고 행동은 쉽고 엠은 단순했다. 그런 엠을 나를 비롯한 엠의 친구들은 믿었다. 나는 집게로 불을 뒤적거렸다. 집게가 뜨거워져 오래 잡고 있을 수 없었다. 나는 하고자 했던 말을 침과 함께 꿀떡 삼켜 넘겼다.

"이리 줘. 미리 겁부터 먹어서 그래."

엠이 내 손에서 집게를 가져갔다. 엠은 한 번 가출을 한 뒤로 지하철역에 가면 누가 가출한 애인지 훤히 보인다고 했다. 나는 아니었다. 여전히 누군가가 무심결에 한 말이 진짜일까 두려웠다. 단지 오버하지 않는 애가 되려다가 죽어버리려는 누군가의 말에 대수롭지 않게 '그래?'라 대답하게 될까 무서웠다. 혹은 아무렇지도 않게 한 말에 오버하게 될까 봐 두려웠다. 내게는 전자와 후자가 같은 무게로 무서웠다. 나는 정말로 죽고 싶다는 마음을 느끼고 난 뒤로 오히려 맥락을 파악하는 기관이 망가져 버린 것 같았다. 엠처럼 가출 학생을 찾아내는 레이더가 생긴 게 아니라. 근데 엠, 너 지금 뭘 태우는 거야?

"내 삶이 한 계단 한 계단 내려가는 기분이 들어. 내려가는 길은 숨이 차지 않잖아. 하루하루 살아가는 게 너무 쉬워. 아무래도 내려가는 길인 것 같아."

엠이 태우고 있는 건 어린 엠의 사진이었다.

"그래서 어렸을 때를 돌아보면 오히려 벅찬 거지. 거기는 오르막이니까. 그때는 아무렇지도 않았는데…."

아빠가 없는데도 인생이 쉽다고 말할 수 있다니 대단하다고 생각했는데, 어린 시절을 떠올리는 것조차 괴로워하다니 나는 절로 눈가가 뜨거워졌다. 목을 가다듬고 말했다.

"이걸 태울 필요까지 있어?"

"화가 나더라고."

아무리 주차장 그늘이라지만 땀이 이마를 타고 흐르는데 우리는 불을 쑤시고 있었다. 화가 났을 때 한 행동은 쉽게 후회하기 마련이었다. 엠이 후회하지 않기를 바랐다. 나는 아지랑이가 일렁이는 걸 보다가 깡통에 손을 불쑥 집어넣어 사진을 꺼내려 했다. 엠이 재빨리 내 팔뚝을 잡았다.

"됐어. 어차피 뽑으려면 새로 뽑을 수도 있는 거. 끝내고 싶어서 태운 거야."

나는 손끝을 불었다. 불에 닿은 게 찰나여서인지 아프지 않았다. 엠은 그런 나를 보더니 한숨을 내쉬었다. 내게 설명이 필요하다고 생각했는지 아니면 설명으로 설득하려 했는지. 설득하려는 게 나인지 본인인지 아무튼 덤덤하게 말을 이었다.

"또 가출했어."

자기네 집 주차장으로 가출하는 사람이 있다니 놀랐지만 엠이 입을 다물까 봐 딴지를 걸지 않았다. 자연스럽게 퇴근하는 엄마를 만나서 집으로 돌아가고 싶은 걸 수 있으니까. 나는 조심스럽게 물었다.

"그럼 어디서 지내?"

도와주겠다는 내 나름의 표현이었다. 나는 어떻게 해야 좁은 내 방에서 엠까지 지낼 수 있는지 엄마에게 설명하는 것까지 상상했다. 내 상상을 가르며 엠이 말했다.

"나야 모르지."

나와 엠은 서로를 멀뚱멀뚱 쳐다봤다. 가출하고도 친구를 보러 학교에 나오는 아이들이 많았기에 나는 당연히 엠이 가출한 것이라 생각했다. 엠이 반 박자 빠르게 상황을 이해했다.

"내가 가출한 거 아냐."

"네 동생은 너무 어리지 않아?"

"아니 아빠가."

아빠도 가출할 수 있구나. 아니 그보다 아빠가 있었구나. 내가 엠의 상황에 대해 한 얼토당토않은 추측을 입 밖으로 내지 않아 다행이었다.

"이렇게 인생이 막장인데도 당연하게 살아진다. 나도 저 인간도 정말 쉽지 않아?"

나는 살아보려는 게 어려웠다. 엠은 쉽게 살아지는 게 괴로워했다. 여러 말을 입안으로 삼키고 엠과 눈을 마주쳤다. 우리는 생일날 케이크 모양 지우개를 선물 받은 사람과 지우개 모양 케이크를 선물 받은 사람 정도로 닮았다. 삶이 선물이라면 우리가 기대한 선물은 아니었다.

엠과 나는 마피아 게임을 하지 않게 됐다. 정확한 동작 없이 낌새만으로 상대가 거짓말을 하는지 아닌지 알 수 있었기 때문이다. 대신 우리는 주차장에 불을 피워 잡아놓은 바퀴벌레를 태우고 먹을 게 부족하지 않은데도 종이나 개미를 씹어 먹었다. 대부분은 엠의 아이디어었다. 대부분이리고 말하기에도 민망할 정도로 전부였지만 재밌었다. 우리가 서로를 속이고 숨기는 일에 흥미를 붙였다면 하지 않았을 일이었다. 흥겨워진 나는 얼마 전에 본 아름다운 얘기에 엠을 빗대 말했다.

"사막에도 새우가 사는 거 알아? 모래알 속에 마른 알로 있다가 비가 오고 물이 고이면 태어난대. 정말 생뚱맞지 않아?"

예측할 수 없다는 점이 정말 엠 같다고 여겨졌다.

"너랑 있으면 모래처럼 흘러가던 시간이 새우로 태어날 가능성이 있는 것처럼 보여."

엠은 어깨를 쭉 펴고 말했다.

"겨우 가능성 정도야? 난 이미 새우야, 새우. 새우인지 모래인지 헷갈리는 게 아니라."

당당하게 말한 것과 어울리지 않게 엠이 주변을 살피는 체하더니 귓속말로 덧붙였다.

"새우가 더 좋다는 뜻 맞지? 새우보다 모래가 더 오래가는 것 아냐? 모래가 더 좋은 걸로 생각하면서 나보고 새우라고 한 건 아니지?"

나는 괜히 낯간지러워 엠을 쭉 밀어내고 얼버무렸다.

"그냥 모래에서 나온 새우처럼 어디서 이런 아이디어가 툭툭 튀어나오는지 모르겠다고."

엠이 다 안다는 듯 히죽 웃었다. 최근 엠이 열을 올리고 있는 건 건물과 건물 사이의 틈에 벽돌을 쌓는 것이었다. 틈이 좁아 앞뒤에 격벽을 만드는 건 어려운 일은 아니었다. 엠은 아빠가 두고 간 트럭에서 찾은 것이라며 시멘트와 벽돌을 가져와 제법 튼튼하게 격벽을 만들었다. 엠은 직사각형의 닫힌 공간 사이로 폴짝 뛰어 들어가고는 자랑스럽다는 표정을 지었다. 영역 주장을 하듯 무릎 높이 되는 담을 넘나들며 들어갔다 나왔다 했다. 며칠 뒤 문제가 생겼다. 행인들이 그 안에 쓰레기를 던져 넣기 시작한 것이다. 엠과 나는 쓰레기를 모두 끄집어냈지만, 쓰레기가 또 쌓이리라는 건 뻔한 일이었다.

"안 되겠다. 채워야겠어."

"뭐로?"

"화단이라도 만들면 덜 버리겠지."

"뭐 심게?"

"우리 아빠가 버리고 간 거 많아. 난 화분 같은 거."

"그거 버린 건 아니지 않아?"

"그래도 난을 심어두면 함부로 쓰레기를 버릴 생각은 못 하겠지."

나는 엠을 말리지 않았다. 엠을 말리면 다음부터 내가 말리지 못하도록 아무것도 말하지 않을 테니까. 대신… 나는 입을 열었다.

"난은 물 빠짐이 좋은 데에서 자라야 한다던데."

엠은 근처 공원 모래사장에서 모래를 퍼 날랐다. 나 역시 시간이 날 때마다 바가지를 들고 나가 한 바가지씩 퍼왔다. 엠은 이 공간을 채우는 데 온전히 집중한 듯 흐트러짐이 없었다. 나는 연속으로 양동이를 채워오는 엠에게 불쑥 다가가 손 마이크를 내밀었다.

"이런 엄청난 집중력을 보일 수 있는 이유가 뭡니까?"

엠은 양동이를 내려놓고 손바닥으로 이마와 관자놀이를 찍어 흐르는 땀을 닦았다.

"끝이 훤히 보이잖아."

엠은 끝이 보이는 일에 엄청 강했다. 끝이 보이지 않는 일에는 손톱 밑의 벌레라도 된 듯 약했다는 뜻이다. 손바닥으로 쳐도 발로 밟아도 죽지 않지만, 손톱으로 누르면 죽는 벌레처럼 기약 없는 끝은 엠의 아킬레스건이었다.

모래는 좀처럼 끝까지 차오르지 않았다. 약간씩 높이가 오르는 것이 보이기는 했지만 채우려면 한참은 남은 것 같았다. 나는 지쳐서 엠이 사라졌다가 모래 양동이를 채워오는 걸 구경했다. 나는 이마에 흐르는 땀에 앞머리가 이마에 붙은 것 같아 입김을 위로 후후 불었다. 손바닥으로 엠이 멀리 있는 틈을 타 땀을 찍어냈다. 손에 이마에서 닦아낸 땀으로 흥건했다. 나는 티를 잡고 앞뒤로 흔들었다. 그새 내 몸에 딱 붙어 있던 옷을 떼어냈다. 엠이 가까워졌다. 거의 처음과 다름없는 걸음걸이였다. 건들건들 걷는데도 보폭이 넓었다. 잡아당긴 활시위를 놓듯이 통통 튀는 걸음걸이에서 탄력이 느껴졌다. 엠도 힘들기는 한 모양인지 내 곁을 숨소리만 내며 스쳐 지나갔다. 엠의 코끝으로 땀이 떨어졌지만 엠에게는 닦을 손이 없었다. 엠의 팔뚝은 더 이상 땀이 흐르는 게 보이지 않을 정도로 젖어 피부가 물기로 반짝거렸다. 무릎쯤 오는 담벼락 너머로 양동이째 던진 엠이 담 앞에 주저앉았다. 엠은 담 너머를 힐끔 쳐다보고는 숨을 몰아쉬었다. 엠이 입꼬리를 씩 올렸다.

"우리 엄청 많이 쌓았다. 그치?"

"쉬엄쉬엄해. 천천히 하자."

나는 엠의 곁에 궁둥이를 붙여 앉으면서도 괜히 가만히 있었다는 생각이 들었다. 그동안 물이나 가져올걸. 아니면 수건이라도. 나는 꾸물꾸물 엠의 옆자리로 내려앉았다. 주차장 그늘에서 거리에 뜨거운 햇살이 비치는 걸 멍하니 쳐다봤다. 건너편에 우리 집이 보였다. 건물들 기둥 사이로 뚫려있는 골목은 발걸음 소리 없이 적막했다. 엠의 숨소리만 들렸다. 동네 고양이들만 툭 튀어나왔다가 우리를 멀찍이서 발견하고는 경계하며 지나갈 뿐이었다.

"생긴 건 예민하게 생겨서 엄청 엉성하더라."

"응?"

엠에게 되묻자 엠은 손가락으로 건물 너머로 비치는 또 다른 건물에서 우리를 응시하는 고양이를 가리켰다.

"쟤네 말이야."

얼마 전부터 보이기 시작한 깡마른 검은 고양이였다. 고양이는 그냥 지나가면 될 것을 괜히 우리와 눈을 마주치고는 하악질을 했다. 초록색 눈이 매우 예뻤는데 눈빛은 사나웠다.

"어려서 그런 걸까?"

"어리다고 사는 세상이 다르지는 않을 텐데."

그래서 걱정된다는 걸까, 엉성해서는 안 된다는 걸까. 엠이 턱으로 흐르는 땀을 닦으며 고개를 돌렸다. 그제야 작은 고양이는 안심했는지 꼬리를 보이고 도망쳤다.

"야, 엔! 엔!"

엠이 동생을 크게 불렀다. 역시나 창문을 열고 있었는지 집에 홀로 있던 엠의 동생이 곧장 대답을 해왔다.

"왜?"

"물 좀 가져와."

동생은 기다렸다는 듯 곧장 대답했으면서도 괜히 퉁명스럽게 답했다.

"알아서 가져다 마셔, 여기서 던진다."

"그럼 던져봐 한번."

동생은 얌전히 보리차를 가져왔다. 엠은 동생이 가져온 걸 보고 한소리 했다.

"야 통째로 가져오면 어떡하니, 엄마가 뭐라고 하시겠니."

우리는 페트병에 든 보리차를 돌려 마셨다. 동생도 우리가 마시니 같이 마시고 싶었는지 번갈아 마시자 자신도 순서에 끼어 마셨다. 금세 동이 났다. 엠은 빈 페트병을 동생에게 넘기며 큰소리쳤다.

"너 통째로 마셨다고 엄마한테 혼날까 봐 내가 한 번에 다 마셔줬다. 이거 가져가서 닦아놓으면 안 혼 날 거야."

동생은 억울했는지 입을 삐죽였다. 나는 엠의 동생이 울까 봐 일부러 물었다.

"나도 마셨으니까, 내가 닦아 줄까?"

내 말에 동생이 고개를 젓고는 엠에게 병을 건네받았다. 남한테 어린애처럼 보이고 싶지 않은 눈치였 다. 엠이 내게 속삭였다.

"그럼 애 버릇 나빠져."

엠은 계단을 올라가는 동생의 뒤에 대고 소리쳤다.

"병 닦아놓고 나오면 뭐 같이 모래 퍼오게 해준다."

동생은 뒤를 보고는 계단을 달려 올라갔다. 나는 한숨을 내쉬었다.

"안 그래도 쟤 담임이 전화 왔더라. 보호자 부르던데 엄마는 선생님 만나기 싫다고 안 간대."

"그럼 아빠가 가셔야겠네."

내가 생각하기로는 엄마가 안 되면 아빠가 가는 것이 당연했다. 엠은 한숨을 내쉬었다.

"그 인간 아직 안 들어왔거든. 내가 가야지 뭐."

나는 중학생도 누군가의 보호자가 될 수 있는지 몰랐다. 다행히 엠은 내가 뭘 모르는지 화를 내거나 답 답해하지 않았다. 어쩌면 엠은 누가 됐든 타인이 자신을 모르는 게 당연하다 여기는 것 같았다. 엠은 말 을 마치고 바지를 툭툭 털며 일어났다. 나는 흙먼지에 재채기했다. 엠은 그런 나를 보고 낄낄 웃더니 모 래사장을 뿌듯한 표정으로 살폈다.

"내일 좀만 더하면 되겠다."

나는 엠을 따라 재빨리 일어났지만 차마 먼지를 엠에게 털지는 못하고 얌전히 바지를 털었다. 나는 엠 에게 뒤를 보이며 물었다.

"뒤에 잘 털렸어?"

엠이 내 바지를 털어줬다. 엉덩이가 아플 정도였다. 모르긴 몰라도 엠이 먼지를 더 먹었을 것이다. 다음날에는 비가 왔다. 엠이 장담했던 모래사장은 물에 젖자 틈으로 흩어져서인지 뭉쳐져서인지 높이가 낮아졌다. 엠은 집에 없었다.

그날 나는 아침부터 기분이 좋지 않았다. 좋지 않은 일이 있다기보다는 몸이 좋지 않아 기분이 좋지 않은 날이었다. 맥없이 앉아 있다가 1교시 2교시에 들어온 선생님들의 걱정을 받고 자신감을 얻어 담임을 찾아갔다. 조퇴한다고 말하던 도중 어지럼증으로 구역질을 하며 교무실을 뛰쳐나갔다. 담임은 보는 것만으로 속이 메슥거렸는지 조퇴증을 써줬다. 힘없이 운동장을 가로지르는데 멀리서 익숙한 실루엣이 보였다. 길쭉한 키에 휘적휘적 성큼성큼 걷는 걸음이 전혀 아파 보이지 않는 엠이었다. 나는 우산을 고쳐 쓰고 엠에게 총총 다가갔다. 구토했던 건 싹 잊고 신난 목소리로 물었다.

"너도 집에 가?"

"동생 학교에 가봐야 해서. 초등학교라 빨리 끝나니까."

전에 말했던 일이었다. 엠이 잔뜩 굳어있어 내 상태에 대한 말은 하지 않았다.

"졸업하고 나서 초등학교 가는 거 처음이야. 시간이 없어서 이대로 가야 하는데 교복 입고 가도 괜찮겠지?"

니는 엠을 훑어보다가 가방을 뺏어 들었다.

"교복은 괜찮은데, 가방은 거추장스럽겠다. 내가 가져다 놓을게."

엠의 가방은 가벼웠다. 나는 가방을 이리저리 흔들어봤다. 엠의 철 필통에 펜이 덜그럭거리는 소리가 들렸다. 책이라고는 느껴지지 않았다.

"가벼워서 괜찮겠다."

엠은 얼떨떨한 표정으로 쳐다보다가 피식 웃으며 어깨에 힘을 풀었다. 교문에 있는 지킴이에게 조퇴증을 보여주고 교문을 나섰다. 엠은 성큼성큼 걸어 나가다가 뒤를 휙 돌아보고는 내게 손을 흔들었다. 나는 어서 앞을 보고 걸으라고 손을 휘저어 보였다. 엠이 낯선 길로 걸어가는 걸 조금 쳐다보다가 이내 집으로 향했다. 어떻게 잊고 있었는지 어지럼증이 매우 심했다.

집에는 아무도 없었다. 엄마에게 전화를 걸자 엄마는 이따 전화를 주겠다며 끊었다가 이내 다시 전화를 걸어왔다. 나는 누워서 전화를 받았다. 목소리에 자세도 반영되는 건지 목소리도 함께 늘어졌다. 엄마는 지금 당장은 갈 수 없지만 감기에 특효인 생강차 끓이는 비법을 알려주겠다며 활기찬 목소리로 어디에 재료가 있는지 뭘 넣고 어떻게 끓여야 하는지 일러줬다.

생강. 엄마의 목소리를 들으니 어쩐지 정말 생강차가 마시고 싶어졌다. 나는 몸을 굴려 힘겹게 일어났다. 식탁을 잡고 냉장고를 향해 나가는데 때마침 초인종이 울렸다. 우리 집 초인종은 인터폰이 아니라 벨을 누른 게 누구인지 알 수 없었다. 엠이 벌써 돌아왔는가 싶어 문을 열었다. 엠의 친구였다. 유독 얼굴에 점이 많아서 스치듯이 봤는데도 기억하고 있었다. 별명은 점점점. 늘여 불러서 말줄임표. 뜻밖의 방문에 탄성을 뱉었다가 느릿느릿 시계를 확인했다. 엄마의 전화를 받은 뒤로 다섯 시간이나 지난 후였다. 눈을 감았다 떴다고 생각했는데 푹 자고 일어난 모양이었다. 나는 나와 마찬가지로 당황한 듯 보이는 말줄임표에게 말했다.

"엠 집은 건너편인데."

말줄임표도 이내 내 얼굴을 기억해 냈는지 이해했다는 듯 '아….'하고는 몸을 돌렸다. 빗소리가 요란했다.

"잠시만."

나는 말줄임표를 불렀다. 말줄임표가 몇 계단 밑에서 멀뚱멀뚱 나를 바라봤다. 나는 커튼을 걷고 건너편 집을 확인했다. 불이 꺼져 있었다. 비 오는 날인데도 엠의 집 창문은 열려있었다. 젖혀놓은 커튼이 바람에 끌려와 펄럭였다.

"엠 아직 안 들어왔나 봐."

말줄임표는 고개를 대충 끄덕이고는 코를 훌쩍였다. 나는 그제야 말줄임표가 비바람을 맞아 젖은 채라는 걸 깨달았다. 나도 열 때문에 코를 훌쩍였다. 나는 말줄임표에게 손짓했다.

"수건 줄게."

나는 수건을 깐 의자를 말줄임표 쪽으로 밀었다. 머리를 말리라고 수건을 하나 더 건넸다. 나는 흐릿한 눈을 비비고 손잡이가 긴 작은 포트에 물을 올렸다. 말줄임표는 조용히 머리를 털었다. 말줄임표가 원래 말이 없는 애였는지는 잘 모르겠다. 엠하고 있을 때는 제법 시끄러웠던 것 같은데 기억이 선명하지 않았다.

"생강차 줄까?"

"생강 싫은데."

"우리 엄마가 생강차가 감기에 좋대."

"그냥 감기 걸리고 내일 학교 안 갈래."

답이 뚝뚝 떨어졌다. 나는 더 할 말이 없어 넉넉히 끓였던 물의 반만 컵에 따랐다. 엄마가 말한 대로 생강청을 넣고 꿀을 듬뿍 넣었다. 김이 풀풀 났다. 엄마의 목소리가 곁에서 들리는 것 같았다. 그리고 마지막으로 소주를 한 잔 넣고 정말 소주를 넣냐며 몇 번이고 되물었는데 괜찮다고 했다. 내가 냉장고에서 소주를 꺼내자 말줄임표가 궁금한지 이쪽을 힐끔거렸다.

"너도 줘?"

"소주 넣게? 그럼 나도 줘."

나는 생강차를 한 잔 더 만들었다. 마지막으로 소주를 넣으려고 소주병을 들고 보니 한 잔이 어느 정도인지 알 수 없었다. 소주잔인가 그냥 한 컵인가. 고민하다가 차가 반씩 든 컵에 소주를 가득 따랐다. 말줄임표가 목을 울렸다. 나는 말줄임표에게 컵을 한 잔 내밀었다. 우리는 서로 눈치를 보다가 한 잔을 비웠다. 효과는 좋았다. 으슬으슬하던 기운이 순식간에 가셨다. 말줄임표도 감상을 말했다.

"생강. 나쁘지 않은데."

"나쁘지 않아."

말줄임표의 말을 따라 한 게 아니라 정말 나도 그렇게 생각했다. 비가 오는데도 집 안이 어둡지 않고 눈앞이 반짝반짝했다. 정신을 차려보니 초인종 벨이 울렸다. 엠이었다. 어지러워하는 날 대신해 말줄임표가 문을 열어줬다. 엠은 잠시 멈칫하고는 우리 집으로 들어왔다.

"가방 가지러 왔어."

"너도 생강차 마실래?"

나는 엠에게 빈 컵을 들어 보였다. 엠은 무슨 생각을 하는지 가만히 가방을 들었다.

"그냥 집 앞에 두지."

"그럴까 하고 너희 집까지 올라갔었는데, 가방이 없어지면 어떡해."

엠은 가방을 말줄임표 옆 의자에 올리고는 내 옆자리에 털썩 주저앉았다. 발줄임표가 트림했다. 엠은 눈썹을 삐죽 올렸다. 말줄임표가 입을 합 다물었다. 나는 당당하게 말했다.

"우리 엄마 특제 생강차다. 감기 때는 데 좋대."

말줄임표가 당당함이 옳았는지 엠을 툭 쳤다.

"야, 의자에 수건 깔고 앉으래."

엠은 한숨을 내쉬고는 수건을 가지고 와 앉았다. 나는 다시 생강차 석 잔을 만들어 왔다. 엠은 생강차를 한 입 마시고는 롤케이크를 식탁 위에 올려뒀다. 아무도 묻지 않았지만, 눈빛으로 알아봤는지 엠이 말했다.

"동생 학교에 사 갔는데 안 드시겠다고 하셔서."

말줄임표가 씩씩거리며 말했다.

"왜? 싫대?"

"아니, 받기 미안하시다고 가져가서 먹으래. 걱정하지 말고 먹어. 우리 엄마 돈으로 산 거라 선생님한테 드렸다고 하고 버릴 생각이었으니까."

롤케이크는 녹차 맛이었다. 흐릿한 눈에도 유통기한이 아슬아슬한 게 보였다. 나는 동생 학교에서 왜 보호자를 불렀는지 묻고 싶었으나 말줄임표가 있어 물어보지 않았다. 그냥 엠을 향해 열렬한 눈빛만 보냈을 뿐이다. 엠은 식탁 모서리를 바라보며 목이 타는지 생강차를 마셨다. 나는 냉장고에서 보리차를 꺼냈다. 설탕을 두 스푼 넣어 엠에게 건넸다.

"뭐야?"

"넌 열 좀 내려야 할 것 같은 표정이어서."

엠이 눈살을 찌푸리며 머리를 쓸어 넘겼다.

"너야말로 아프면 말을 하지."

천둥 번개로 눈앞이 요란했다. 번쩍거리더니 등이 나갔다. 냉장고에서 나던 소리도 멈췄다. 정전인가. 말줄임표는 대처할 바를 모르고 단순히 상황을 알리는 말을 했다. 사실 우리 모두 할 수 있는 일이 없었다. 건너편 집 불이 먼저 들어왔다. 엠은 커튼을 젖히고 자기네 집을 쳐다보더니 말줄임표의 의자 뒤를 잡았다.

"이제 가자 친구야. 얘네 엄마 올 시간이야."

말줄임표는 떨떠름한 표정으로 자리에서 일어났다. 나는 엠이 어련히 알아서 해주겠거니 하고 식탁에 볼을 댔다. 닫히는 문 사이로 말줄임표의 칭얼거리는 목소리가 들렸다.

"야, 나 무섭단 말이야. 바람만 불어도 무서웠는데 벼락 맞으면 어떻게 해."

엠은 딱 잘라 말했다.

"부자가 되거나 천재가 되겠지."

말줄임표가 낄낄거렸다. 엠이 덧붙였다.

"아님 죽거나. 빨리 뛰어가 벼락 안 맞게."

눈앞이 번쩍거렸다. 천둥 틈으로 요란한 소리가 들렸다. 나는 침대로 돌아가 누우려 말고 엠네 집에서 시끄러운 소리가 들린 것 같아 커튼을 걷었다. 틈 사이로 살짝 살펴봤다. 제대로 창도 닫혀있고 커튼도 쳐져 있었다. 나는 의아함에 고개를 갸웃거리다 괜히 훔쳐본 것 같아 커튼을 닫았다.

"그 집 아저씨 없는 줄 알았는데, 어제 보니 멀리 나갔다 온 모양이더라."

엄마는 다음날 내게 상황을 설명해 줬다. 엠네 아빠는 나갔다 온 게 아니라 가출한 거였지만 엄마에게 사실을 알려주기에는 열린 창문이 신경 쓰였다.

엠은 친구들과 놀 때 동생을 데리고 다니지는 않았다. 나와 있을 때는 집이 가깝기도 하고 내가 동생을 낀다고 싫어하지 않았기 때문에 종종 엔을 끼워 놀고는 했다.

"너 커서 뭐가 되려고 그래?"

엠은 저렇게 엔을 재롱부리는 강아지 취급을 했다. 남들이 들었을 때는 비아냥거리는 것 같은 질문은 동생이 재롱부리길 바라며 하는 말이었다. 엔은 자기에게 기회가 오면 신이 나서 나섰다. 비록 그게 창피를 당하는 일일지언정 신경 쓰지 않았다. 엠은 엔의 그 점을 좋아했다. 그 점 때문에 반에서 적응을 잘 못 한다는 걸 동생의 보호자로서 잘 알고 있으면서도 이를 고쳐주려 하지 않았다. 오히려 동생의 이러한 특성을 보존하려는 것처럼 보였다.

"어, 나? 나는 유명한 화가. 이렇게. 이렇게."

엔은 붓질하는 시늉을 했다.

"유명한 화가는 어떻게 되는 건데?"

"상 받으면 되지."

엔이 자신 있다는 듯 가슴을 쭉 내밀었다.

"엠은 뭐가 될 건데?"

나는 엠의 어조를 따라 하는 엔에 웃음이 나왔다.

"나는 화가 빼고 다 할래. 화가는 네가 해야 하니까."

그렇게 말하며 웃는 엠은 다 하겠다는 말과는 달리 엔의 보호자인 걸 빼고는 아무것도 아닌 사람처럼 보였다. 나는 속이 서늘해지는 걸 느끼면서도 엠과 함께 엔을 보며 웃었다. 엔은 다급하게 덧붙였다.

"나 부자도 될 건데. 집주인."

장래 희망이 역할 놀이라고 생각했는지 부자와 집주인을 엠이 선점할까 조바심이 난 모양이었다. 엠은 너그럽게 양보했다.

"부자도 집주인도 너 해."

신이 나서 갑자기 어디선가 본 춤을 추는 엔을 보며 나는 혼잣말인 척 엠에게 말을 흘렸다.

"다 같이 부자 하면 되지, 왜."

엠은 내 속셈에 넘어가 주지 않고 답했다.

"난 진짜 더는 누구한테도 내 탓이라는 얘기는 듣고 싶지 않거든. 쟤한테 연습해 보는 거야."

나는 춤추는 엔의 팔뚝을 거칠게 잡아챘다. 엔의 놀란 시선에 표정을 풀고 다정하게 말했다.

"화가랑 부자는 같이 못 해. 하나만 하고 엠한테 나눠줘."

엔이 고민하더니 울상을 지었다. 내 말을 듣고 엠이 깡통을 걷어찼다. 큰 소리에 나도 모르게 어깨를 움찔거렸다. 어린 엔은 놀랐는지 바로 귀를 틀어막았다. 불쏘시개로 쓴 찌꺼기들이 주차장 바닥에 쏟아졌다. 엠은 나를 노려보고는 그대로 집으로 올라갔다. 엔이 깡통을 집어 들었다. 나는 엔의 손에서 깡통을 건네받아 주차장 구석으로 치웠다.

"냅 둬. 건드리지 말고."

나는 어쩔 줄 몰라 하는 엔을 집으로 올려보냈다. 나 역시 엠을 내버려 둘 수 없으면서 내버려 두라고 소리쳤다.

깡통을 차버린 엠이 며칠을 머릿속에 맴돌았다. 이러다가는 엠이 너야말로 내버려 두라고 말하는 꿈까지 꿀 것 같았다. 건너편의 동태를 살피고 집을 나섰다. 엠은 나 없이도 모래를 꾸준히 채우고 있는지 어느새 화단 속 모래의 높이가 쑥 올라와 있었다. 이 정도면 난을 심어도 될 것 같았다. 빛이 정수리로 내리쬐는 시간에는 건물 틈 사이에 있는 이 화단에도 빛이 들어올 것이다. 뒤를 돌았는데 쿰쿰한 담배에 전 냄새가 났다. 내 발 앞을 커다란 발이 가로막았다. 지난번처럼 고개를 들지 않고 나는 옆으로 한 걸음 물러섰다. 악취가 나는 사람이 다시 내 앞으로 걸음을 옮기며 웃었다. 나는 재빨리 그 반대 방향을 파고들어 빠른 걸음으로 아무 일도 없었다는 듯 건너편에 있는 우리 집으로 향했다. 거리가 하얗게 보일 정도로 해가 강한데도 팔에 오소소 소름이 돋았다. 뒤편에서 걸음 소리가 들렸다. 방충망 여는 소리가 들리더니 퍽 깨지는 소리와 함께 뒤편에서 신음이 들렸다. 나는 우리 집으로 뛰어 올라갔다.

"뭐야!"

욕설과 함께 남자가 윽박질렀다. 엠의 목소리가 들렸다.

"짐 정리해달라면서요. 잘 받으시라고요. 자기가 맞아놓고 승질이야."

악취가 나는 남자가 엠의 집으로 쿵쾅쿵쾅 뛰어 올라가는 소리가 들렸다. 나는 용기를 내 커튼을 살짝 걷었다. 긴장한 게 무색하게 엠의 집은 창문까지 닫혀있었다.

엠은 돌연 반에 있던 나를 불러내 도덕책을 선물했다. 엠은 '추태'를 보여 미안하다고 했다. 한동안 자기 아빠를 김 '추태'라고 부르겠다고 '추태'를 보이지 않게 하겠다고 능청을 떨었다. 나는 엠이 얼굴을 붉힌 후에야 아빠의 추태를 보인 게 엠 자신의 추태를 보인 것과 다름없음을 알았다. 나는 새로 산 도덕책이 이미 있었지만, 순순히 엠이 선물한 책을 받아들었다. 낯선 책은 묘하게 사용감이 있었고 앞 몇 장에는 필기도 되어있었다. 엠의 것이었던 걸까 싶어 필기를 자세히 보니 내 필체였다.

"이거 내 거 아냐?"

"맞아."

'일이 그렇게 됐다.' 정도의 무심한 투였다. 나는 엠과 도덕책을 멀뚱멀뚱 바라보다가 그제야 담뱃갑 사건과 도덕책 분실 사건을 연결 지을 수 있었다. 나는 일단 돌려받은 책을 챙겼다.

"화도 안 내네. 하긴 그럴 것 같았다."

책은 찢어지지도 않았고 낙서가 되어 있지도 쓰레기통에 버려지지도 않았다. 없어진 모습 그대로 돌아왔다. 나는 돌아서려는 엠에게 말했다.

"어차피 그리 필요한 건 아니었어."

엠이 나를 응시했다. 내가 책을 잃어버린 일로 엄마에게 혼나던 날 봤던 그 시선이었다. 내 눈 너머를 훑고 지나가는 듯했다. 나는 엠이 내 눈에서 뭔가 읽었을까 봐 급히 고개를 돌렸다. 엠의 차분한 목소리가 들렸다.

"그런 게 어디 있어. 필요 없는 거면 내가 훔치지도 않았어."

엠의 말이 맞았다. 나는 화를 내야 했고 내게 필요한 물건을 훔친 일로 내가 얼마나 곤란했는지 말해야 했다.

"이걸 왜 이제 주는데. 그냥 주지 말지."

사이가 서먹할 때 훔친 책을 돌려주는 건 나를 끊어내려는 것처럼 느껴졌다. 눈물이 샘물처럼 솟아나서 눈을 감아도 흐르는 걸 멈출 수가 없었다. 그런 스스로가 정말 못났다고 생각할 때 엠이 엉거주춤하게 서서 나를 안고는 등을 토닥거렸다.

"네가 뭔데 내가 필요 없다는데 아니라고 하는데."

그래그래 엠이 등을 두드리자 누울 자리를 보고 다리를 뻗는 마음이 왈칵 쏟아져 나왔다.

"그래 그래 라고 대충 대답하지 말라고."

엠은 모래를 채우고 아무것도 하지 않았다. 김이 빠져버린 듯 화단을 방치했다. 그도 그럴 게 심기로 했던 아버지의 난 화분을 전부 깨 먹었다고 했다. 그때 엠이 창밖으로 던진 게 난 화분이었다는 걸 그제야 알았다. 그 화분을 시작으로 아빠와 싸우다 전부 깨버렸다고 했다.

"이대로 두는 거야?"

엠은 나를 훑어보고는 이내 고개를 돌렸다.

"그럼 뭘 더 해야 해?"

온몸의 수분을 끌며 열심히 모래를 퍼 나르던 모습에서는 보이지 않던 맥없는 모습이었다. 엠의 말에 할 말을 잃었다. 나 역시도 내가 엠에게 뭘 더 말해야 하나는 심정이었다. 나였으면 애초에 이런 모래사장을 만드는 일을 시작하지도 않았을 터였다. 나는 엠이 이 작은 화단에 다시 관심을 가지기를 바라는지, 아니면 신나게 화단을 만들던 그 모습을 바라는지도 내 생각도 정확히 모르는 채로 엠을 위로하려 했다. 원래 하려 했던 대로 뭐라도 심어보자 묻는데 기한이 한참 지난 약속을 언급하는 것처럼 머쓱했다. 엠의 아빠가 흡연자였던 게 기억나 괜히 말을 덧붙였다.

"이대로 두면 사람들이 재떨이로 쓰겠어."

엠은 화단에 몸을 걸치고는 모래를 저었다. 어느 고양이가 잘 숨겨둔 똥이 나왔다. 엠은 급히 손을 털며 탄식했다. 나는 웃음을 참으며 말했다.

"아니면 고양이들 화장실이 되던지."

엠은 당황한 것도 잠시 고개를 끄덕이며 말했다.

"그렇지 원래 뭐 심기로 했었지."

전날 나는 창 너머로 엠의 엄마가 엠의 아빠가 가출한 게 엠 때문이라고 탓하는 소리를 들었다. 이것 또한 엠은 추태로 여겼을지 모르겠다. 이 일이 내게 엠을 멀리할 이유는 되지 않았다. 그냥 엠이 힘을 내기를 바랐다. 나를 위해서. 그렇지만 엠이 나를 위해서 힘을 낼 리는 없다고 생각했기에 다른 방법을 찾아보려 노력했다. 나는 엠의 손에 문구점에서 구매한 씨몽키 알을 부었다. 엠은 봉지에 적힌 글을 보고 의아하다는 듯 물었다.

"씨몽키?"

"뭐 심기 싫으면 이거라도 부려보자고."

"여기다 부리면 백 퍼센트 다 죽어."

"살면 어쩔 건데."

나는 엠에게서 도덕책을 받은 뒤로 막무가내로 내 의견을 몰아붙이는 경향이 생겼다. 몰아붙여도 될 일은 되고 안 될 일은 되지 않았다. 이번에는 내 말대로 모래 화단에 씨몽키 알을 솔솔 부렸다. 엠은 물 뿌리개를 들고 와 화단에 부렸다. 모래는 물을 끝없이 먹어 물이 차는 게 보이지 않았다. 우리는 매일매일 화단에 물을 부었다. 꾸준히 쌓이는 쓰레기를 치우며 혹시 우리가 놓친 새우가 있는지 샅샅이 살폈다. 붓다가 붓다가 차라리 비가 오기를 기다렸다.

"거봐. 여기서는 무리라니까."

엠이 열심히 물을 부은 걸 봤기에 엠을 탓할 수는 없었다. 나는 억지를 부렸다.

"모래에 갇혀서 안 보이는 거야."

"그냥 들어있던 통에서 키우지 왜 모래에 부으라고 한 거야. 네가 말한 새우 찾아봤어. 그게 얼마나 사는지 알아?"

오가는 언성이 점점 높아졌다. 엠은 씨몽키가 태어나는 걸 기다렸지만 내게는 씨몽키의 부화는 중요하지 않았다. 나는 화를 참지 못하고 물뿌리개를 집어 엠의 머리에 부었다.

"적어도 너는 살아 있잖아."

내 거친 동작과는 달리 가느다란 물줄기가 부슬부슬 쏟아졌다. 엠은 물을 막지도 않았다. 나는 물줄기에 손을 대봤다. 간지럽고 시원했다. 엠은 가려웠는지 어깨를 움찔거리더니 내 손에서 물뿌리개를 빼앗아 길가로 나갔다. 촉촉해진 머리를 훑고 반짝거리는 하늘을 올려다봤다. 나는 물을 맞은 엠이 눈을 빛나는 걸 보았다. 더 화낼 것이 없었다. 지금 엠이 반짝거리는 걸로 충분하니까. 엠이 내게 손짓했다. 나는 쭈뼛쭈뼛 엠에게 다가갔다. 엠이 남아 있던 물을 내게 부었다. 눈을 마주친 엠이 웃음을 터뜨렸다. 엠에게서 눈을 뗄 수 없었다.

나는 그날 속으로 엠이 살게 하겠다고 다짐했다. 내 다짐이 무색하게 얼마 지나지 않아 엠의 가족은 이사를 했다. 엠은 내게 이사 간다는 걸 말하지 않았다. 따라서 힘차게 끌어안고 안녕이라 인사하는 일도 없었다. 엠이 말하지 않아서 나는 그대로 엠을 잃어버렸다. 내가 눈치가 없었던 걸까. 엠은 내게 말할 생각이 있었을까. 나는 또 의문이 늘어갔다.

골목에 건물이 이렇게 빼곡한데도 날이 너무 뜨거웠는지 물은 금방 말라버렸다. 새로 이사 온 가족은 우리 집이 보이는 걸 확인하고는 커튼을 걷지 않았다. 우리 가족은 건넛집이 커튼을 걷지 않는 걸 확인하고는 점차 우리 집 커튼을 걷어두게 됐다. 커튼을 걷을 때마다 건너편 창이 낯선 커튼으로 가려져 있는 걸 확인할 때마다 생경해 속이 버석거렸다.

모래 화단으로 고개를 기울였다. 엠을 살게 해주겠다는 나의 약속은 언제 들켜 없어질지 모르는 모래 화단에 남게 됐다. 엠의 집도 내 집도 아닌 공간이 되어 버린 모래 화단에 계속 찾아가는 건 어색한 일이었다. 정수리에 불이 번뜩였다. 아! 정수리에 꿀밤을 먹인 사람의 손목을 잡았다. 도망가려 했는지 손목을 비틀어 빼려 펄떡거렸다. 나는 똑똑히 보려고 고개를 번쩍 들어 올렸다. 점이 점점 이어졌다.

"망했다."

말줄임표는 입만 열면 망했다는 소리였다. 일곱 번 넘어지고 여덟 번 일어나는 오뚜기도 하루에도 수없이 망하고 일어나는 말줄임표는 이기지 못할 것이다. 의식하고 하는 말인지는 아직도 잘 모르겠다. 어쩐지 그 망했다는 말을 듣는 게 아무렇지도 않았다.

"때릴 때 붙잡힐 걸 생각했어야지."

도망쳐도 학교에서 볼 게 뻔한데, 단세포 같은 행동이었다. 말줄임표는 내일 또 만날 것이기 때문에 괜찮다고 했다. 용서받을 자신이 만만했다.

"이 모래는 뭔데?"

나는 말줄임표를 빤히 쳐다봤다. 비 오는 날 말줄임표가 엠을 찾아왔던 게 엠의 이사 때문이라는 걸 알았을 때 심정이 떠올랐다. 나는 대답하지 않고 고개를 돌렸다. 잡은 손목을 그대로 끌어당기자, 말줄임표가 휘청거리며 모래 화단을 뛰어넘는다.

"밥이나 먹으러 가자."

그대로 끌고 밖으로 나선다. 내 시간을 채우던 엠의 자리는 말줄임표가 채우게 됐다. 그렇지만 아직은 그 무엇도 엠이 아니라는 생각이 종종 들어 낯설다. 엠의 시간을 채우던 내 자리는 누구에게 돌아갔을까. 그 자리가 아직도 내 자리였으면 하는 못된 생각이 들어 엠을 찾지 않았다.

Epilogue

나는 하나다. 아주 어린 아이도 자신이 하나인 줄 안다. 집 밖으로 나서는 순간부터 이 하나는 혼란을 겪는다. 내게서 가장 가까웠던 혼란을 담아내기 위해 집 앞 골목을 공간으로 설정했다.

이번 작품 '사막 새우'는 건너편 집에 사는 친구 '엠'을 통해 화자의 작은 세계에서 자아상이 어긋나는 걸 담아냈다. 집에서의 나와 골목에서의 나와 학교에서의 나는 다 다른 모습으로 존재한다. 가족을 대하는 모습이 다르고 친구를 대하는 모습이 다르다. 또 친구마다 대하는 방식이 다르고 같은 친구라도 만나는 장소에 따라 거리감이 달라진다.

이 작품을 쓰며 거리감에 대해 많이 고민했다. 어린 시절 봤던 먼나라 이웃나라라는 만화책이 떠올랐다. 돌이켜보니 학습 만화의 형태를 하고 있지만 제목부터 거리에 대한 얘기를 하고 있지 않은가 싶어 웃음이 났다. 돌고 돌아 이 만화책의 독자가 거리감에 대한 얘기를 쓰게 됐다. 학교에서는 먼 사이지만 집은 가까운 사이인 엠과

친해지며 '나'는 이 거리감을 익혀간다. 사막은 멀다. 학교 옆 공원 모래사장은 가깝다. 사막 새우는 멀다. 문구점에서 파는 씨몽키는 가깝다. 그렇다면 잘 아는 것은 가까운 것이고 모르는 것은 먼 것일까. 내가 엠을 가깝게 여긴 순간에 나는 엠이 이사 소식을 내게만 알리지 않은 것과 내 도덕책을 훔쳐 간 걸 알게 된다. 그럼 엠과 나는 먼 사이가 된 것일까?

학교와 집은 단절되어 있다. 학교에서의 모습과 집에서의 모습이 충돌하는 일 없이 존재할 수 있다. 골목은 말 그대로 이 단절된 공간을 이어주는 '길'로서 다른 두 곳에서의 내가 동시에 존재할 수 있는 공간이자 그 두 곳의 내가 충돌하는 공간이다. 골목은 화자의 혼란을 더욱 키우는 공간이자, 혼란을 통해 자신을 다시 세워나가는 공간이기도 하다. 나는 다양한 나를 모두 나로 받아들이는 것에서 나아가 내가 인지하는 엠이 엠의 전부가 아니라는 것을 깨닫게 된다.

서점 마계

'중2병이 머무는 곳'을 컨셉으로 하는 이곳은, 어렸을 때 누구나 한 번쯤 꿈꾸었던 판타지 서점입니다. 판타지 위주의 책들과 굿즈를 판매하고 있습니다. 삶에 대한 희망을 노래하는 시집과 꿈에 대한 로컬 크리에이터들의 이야기들을 독립출판을 통해 전하고 있습니다. 지역 아티스들과의 콜라보를 만들어나가며 북토크, 음악공연, 문화예술 클래스 등을 진행합니다.

2023 개항장 문화지구 지원사업 선정
2023 독립서점 <서점 마계> 개점
2023 독립출판 <알빌리 출판사>
2023 한국근대문학관 신바람 동네책방 북페어 참여
2024 흘트리자 시 창작 클래스
        - 인천광역시교육청 화도진도서관 콜라보
2024 제로부터 시작하는 드로잉 클래스
2024 흘트리자 문학지 출간
2024 대한민국 독서대전 포항 참여
2024 제물포웨이브 마켓 참여
2024 한국근대문학관 신바람 동네책방 책담회

윤석우 대표

독립서점 마계, 독립출판 알발리, 문화기획, 로컬강의 등 꿈을 꾸는 것이 어려운 일이 아님을 전파한다.

2023 공연문화예술단체 <파람> 설립
2023 부평구도시재생과 주민공모사업 <음악 한잔> 음악공연 기획 및 공연
2023 인천문화재단 예술가지원-신진 <음악 다방> 음악공연 기획 및 공연
2024 부평문화재단 도시예술연구소 <부평괴담 소곤소곤> 낭독극 공연 기획 및 총괄
2024 인천문화재단 청년문화공간활성화 <낭만청년> 공연 기획 및 총괄

이지선

관계 예술을 지향하며 삶과 꿈에 대한 시를 쓴다.

시집
2022년 11월 <모퉁이가 있다>
2023년 11월 <내 마음이 지옥 같아서>

소설
2024년 11월 판타지 <서점 마계>

레지던시 및 문화 재단
2023년 부평구 문화재단 시소 공작소 입주작가
2023년 연희동 문학 창작촌 입주 작가
2023년 인천문화재단 신진예술인 문학 부분 선정

로컬. 문화 기획 및 교육
2022년 문화예술 단체 <부평시인> 기획 및 주민자치 사업
-2022년 <삼삼오오> 선정
-2022년 <꽤 쓸모있는 도시 실험2> 선정
-2023년 <부평구도시재생> 뉴딜사업구역 CAFE 책 출간
-2023년 <꽤 쓸모있는 도시 실험> MAGAZINE 출간
-2024년 <꿈다락> 문학소녀, 문학소년 책 출간
-2024년 <시민 x> 골목길 전시 및 책 출간
2023년 부평 문화매개자사업 기획 및 에세이 수업진행 < TO 美 나의 길>
2024년 도시예술연구소 <예술. 부평모험대사전>기획 및 시 수업 진행
2024년 인천시 문화재단 <꿈다락> 문학소녀, 문학소년 기획 및 시 수업
2024년 인천시 문화재단 <시민 X> 시민 X 우리의 지도 기획 및 글 수업

2024년 인천 화도진도서관 x 서점 마계 로컬 문학지 <흘트리자> 발간
2024년 인천 꿈벗도서관 x 서점 마계 <시, 그 비유와 상징> 독서 클럽

꿈은 누구에게나 평등하다. 어린아이도, 나이 든 어르신도, 부자도, 가난한 사람도 잠이 들면 꿈을 꾸듯 우리는 누구나 무언가 마음속에 품고 있는 꿈이 있다. 스스로 나는 꿈이 없다고 생각하는 사람일지라도 무의식 한구석에 반짝임이 잠들어 있다고 믿는다. <서점 마계>는 그런 믿음을 양분으로 삼아 만들어졌다. 나에게도 바라는 꿈이 있듯 다른 모든 이들에게도 꿈이 있다고 믿는다. 그래서 이 공간은 꿈을 이야기는 곳이 되었고, <홀트리자>는 우리가 함께 꿈을 이야기하는 하나의 방법으로 시작되었다.

가끔은 옛날이야기도 좋지 않을까. 집에 돌아가는 길, 떠오르는 아침 해를 바라보며 오늘 역시도 나의 하루는 참 보잘것없는 하루였다고 자조하고, 가방 멘 학생들의 뒷모습을 말없이 바라보다 햇빛의 후광 때문인지 왠지 눈이 부셔 시선을 돌렸다. 반지하 계단을 걸어 내려가 집 문을 열고 의자에 걸터앉으면 바깥세상 바닥에 간신히 걸려있는 창문으로 햇빛이 기어들어 오고 있었고, 부서진 기타 피크는 쓰레기통에 버려지지도 못한 채 늘 책상 한구석을 차지하고 있었다. 한 발을 떼는 게 너무 무서워서, 말없이 바라만 보며 다른 이들의 반짝임을 부러워만 했다. 나는 늘 핑계가 많았고, 합리화는 철두철미했고, 부지런함보다는 게으름을 사랑했기에. 그런 나라도 뗄 수 있는 한 발이었음을 알리고 싶었는지도 모르겠다. 내가 바라보고 있는 사람이 빛나 보이는 것은 사실 내가 빛나고 있기 때문일지도 모른다고 얘기하고 싶었는지도 모르겠다. 나의 한 발자국이 단 한 사람의 믿음으로부터 발아할 수 있었듯, 누군가 내 안에 반짝임이 있다고 알려주면 우린 그 한 발을 기어코 뗄 수 있음을 증명하고 싶었을지도 모르겠다. 꿈이라고 하는, 허울 좋아 보이고 달콤해 보이기만 한 불확실함을 쫓는 우리는 아마도 어리석은 사람들일지도 모른다. <홀트리자>는 그런 바보들의 모험담이다. 하지만 살아내는 동안 언제 확실한 것이 있었던가.

누군가의 꿈을 비웃는 것은 쉽다. 나의 꿈을 비웃는 것 역시 쉽다. 다른 사람들의 시선과 자기 검열로부터 나의 꿈을 지키고, 키우고, 가꾸고, 소중히 하는 것은 어렵다. 그 어려운 길을 함께 걸어가는 우리는 <홀트리자>로 모인다.

2024년 10월
서점 마계 대표 윤석우

감사의 글

아이 하나를 키우기 위해 마을 전체가 필요하다는 나이지리아의 속담처럼, <홀트리자> 또한 많은 분들의 관심과 도움 속에서 성장할 수 있었습니다.

올해 상반기부터 홀트리자의 운영 지원과 출판 제작에 큰 도움을 주셨던 인천광역시교육청 화도진 도서관과, 책담회 자리를 통해 홀트리자 문학지로 많은 사람들과 함께 소통할 수 있는 기회의 장을 마련해주신 한국근대문학관에 깊은 감사를 드립니다. 또한, 몰아치는 상황 속에서도 우리의 결과물들이 더 빛날 수 있도록 함께 고민해주신 알발리 출판사 디자이너 이상은님께도 감사의 마음을 전합니다.

아무리 좋은 아이디어와 뜨거운 열정이 있더라도, 그 가치에 함께 공감하고 도와주시는 분들이 계시지 않았더라면 이 여정은 지금까지보다 훨씬 더디고 어려운 길이 되었을지도 모릅니다.

김양숙님, 박선주님, 배길환님, 이규원님, 이수진님, 이지연님, 조연희님, 홍유경님, 최민정님, 최윤희님. 눈이 부시도록 반짝이는 홀트리자 참여 작가님들 한분 한분에게도 마음 깊이 진심으로 깊은 감사를 전합니다.

특별히, 처음부터 지금까지 불모지와도 같았던 이곳에서 흔쾌히 <홀트리자>를 이끌어주신 이지선 시인님께 감사하다는 말씀을 드립니다. 스스로에게도 누군가 손을 내밀어 주는 사람이 있었다면 어땠을까 하며, 기꺼이 그 역할을 맡아준 시인님이 없었다면 우리는 그 첫발을 떼지 못하고 사람들의 꿈을 품은 이 책 또한 독자들에게 다가갈 수 없었을 것입니다.

마지막으로 이 책이 나오기까지 관심을 가져주신 모든 분들과 지금 이 책을 손에 든 독자분들에게 감사드립니다. 여러분의 관심과 애정이 모여 이 책이 완성될 수 있었습니다. 이 책이 여러분에게 작은 위로와 용기를 줄 수 있기를 진심으로 바랍니다.

2024년 10월
윤석우